Chroniques d'une âme en peine

Merlin Gideon Gray

2022

Copyright © 2022 Merlin Gray

2022 – réédition 0

ISBN : 979-10-97524-19-7

Foxdown Editing

À tous ceux qui rêves le monde, que les étoiles éclairent votre chemin de mille feux ! Vous rendez ce monde meilleur !

Contenu

Préface

Le livre que vous tenez entre vos mains est peut-être bien l'aboutissement de l'un de mes plus grands rêves : mettre à l'écrit une de mes histoires !

Sachez tout de même que j'avais commencé ce livre en anglais et l'ai remis en français après. Il est basé sur le journal de bord du personnage principal qui fut écrit en 2011-2012. Il ne faut pas oublier que vous allez avoir droit aux informations aussi vite que les personnages donc il y aura un basculement de point de vue au moment où les personnages sont correctement présentés. Sur ces mots, je vous souhaite une très bonne lecture et espère que vous allez apprécier ce livre.

Introduction

Se situent à notre époque exacte, du moins celle de la publication : l'an 2016, cette histoire se veut être une version légèrement modifier de la réalité. En voici les bases :

En 1990 : Mr & Mme Rogue, deux généticiens de génie découvrent comment fusionner l'ADN humain à celui animal.

En 1992 : Après des simulations tout à fait concluantes, ils proposent leur technique de transgénèse lors d'un colloque.

En 1994 : Le travail des Rogues est déclaré comme allant contre l'éthique humaine et se voit bannir de tout laboratoire.

En 1995 : les deux chercheurs, avec la fortune familiale et celle produite par leurs divers brevets, construisent leur propre laboratoire dernier cri chez eux en Écosse. Ils y invitent mensuellement d'autres chercheurs et génies du monde entier pour les aider dans leurs travaux.

Vers avril 1995, sans en dire mot à qui que ce soit et poussée par leur désir de connaissances, le jeune couple expérimente la transgénèse sur eux-mêmes. À peine quelques jours après leurs premiers tests Mme Rogue est enceinte.

En 1996 : né de leur union, Mirow Rogue leur fils arrive au monde.

2006, un jeune garçon se réveil au port de Cherbourg-Octeville, dans le nord — ouest de la France avec pour seul souvenir ce nom : Falawk.

La fuite

Je ne sais vraiment pas pourquoi je me débats. Depuis deux ans que je suis ici ; je devrais me douter que ça ne sert à rien. Le traitement reste le même, on nous a promis quelque chose, mais jamais ils ne nous ont donné ce qu'il nous avait promis. Je me suis inscrit, à l'âge de 16 ans, à ce programme. Ils étaient heureux de me recevoir. J'étais orphelin — personne ne s'attendait à ce que je rentre à la maison. Le programme en question, essaie de changer l'ADN humain. En réalité, ce qu'ils veulent faire, c'est remplacer ce que l'on nomme « l'ADN poubelle » par de l'ADN animal. J'avais un nom, avant d'arriver ici, mais c'était un nom donné par l'orphelinat, car à la suite de l'accident qui a tué mes parents je ne me souvenais de rien. J'avais huit ans à l'époque, du moins c'est ce dont je me souviens, les deux ans de traitement que j'ai passé ici au centre m'ont quelque peu changé. Au début, ils nous ont laissés choisir un animal dont ils nous injectent les cellules ADN. La première partie devait prendre six mois puis nous recevions une catalyse. Pour la plupart, ça s'est bien passé, mais, de mon groupe de 4000 personnes de départ, je n'en retrouve que 16 aujourd'hui.

J'avais choisi, pour commencer, de l'ADN de tigre des neiges. Il est vrai qu'avant la catalyse aucun changement ne pouvait réellement être vu sur nos corps, et de ce fait au début, nous étions seulement traités comme des pensionnaires. Nous avions le droit à des vêtements réglementaires certes, mais au moins les douches se faisaient seules et chaudes. À l'heure qu'il est, dans mon groupe de 16 personnes, huit garçons et huit filles, nous nous moquons absolument des règles d'éthique. Comment voulez-vous être gêné quand depuis un an on vous demande de vous dénuder chaque jour, ou plutôt on vous y force ? Nous n'avons même pas le luxe d'être douchés à l'eau chaude. Ils nous mettent les mains contre un mur et nous lavent au Karcher® en groupe, garçons et filles confondues, sans aucun gène pour notre pudeur. De ce fait, nous n'en avons plus. Nous passons la plus grande partie de la journée dans notre chambre sans fenêtre et sans possibilités de se divertir, discutant et échafaudant des plans d'escapades. Malgré toutes nos idées, nous savons que tous ceux qui ont essayé de s'échapper de ce centre sont morts. Cela fait deux ans. Deux longues années de souffrance où ils nous font passer chaque jour des tests médicaux. Une prise de sang par semaine et une prise de moelle osseuse tous les trois mois. Tout ça pour voir si leur maudit système a fonctionné. Le pire, c'est que tout cela est parfaitement illégal, mais personne n'a réussi à connaitre la localisation de ce centre. Pour y parvenir, nous devions attendre à un des lieux de garde dans Paris. On venait ensuite nous prendre en camionnette sans vitres. C'est ainsi que commençait le grand voyage…

Pour s'inscrire à ce programme, il faut passer par un système miteux, sur un site daté, très difficile à trouver. Pour ma part, je l'ai trouvé uniquement, car je m'amusais à l'époque à essayer de pirater des sites. Il est vrai que je n'ai jamais réussi, et à ce jour je pense plutôt que c'est ma vie qui a été piratée. Pour être tout à fait honnête, je dois vous dire que je ne pensais pas que ça se passerait comme ça. Ils mettent en avant leur programme en disant qu'ils nous donneront une vie meilleure. Mais que voulez-vous ? En tant qu'orphelin, je ne voyais aucun mal à essayer quelque chose de nouveau. Je n'avais jamais sombré dans la drogue ou dans l'alcool, heureusement pour moi d'ailleurs. Mais cette fois-ci, je me suis senti enthousiasmé par ce programme. J'aurais tellement aimé vous décrire en détail cette première partie de ma vie, ou, devrais-je dire, de ma nouvelle vie, mais malheureusement je n'ai pas le temps. Je m'en excuse.

...

Enfin ! J'ai réussi à m'en sortir, au bout de deux années interminables dans ce centre. J'ai réussi à apprendre toutes les différentes parties de leur système. Il m'a suffi de choisir le bon moment pour passer à travers une bouche d'évacuation. On nous disait que nous avions le droit de sortir par la porte, mais cette porte est gardée par des hommes armés accompagnés de leurs chiens affamés. À l'heure qu'il est, je n'ai pas dû parcourir beaucoup de distance, mais je souhaite tout de même écrire ces quelques mots, au cas où je me ferais attraper et potentiellement tuer. Je souhaite laisser une légère trace de mon existence pour que vous qui lisez, en ce moment, puissiez savoir de quoi retourne la situation. Je ne peux vous donner une localisation exacte de cet endroit pour le moment. La seule chose que je peux vous dire c'est que je suis actuellement au sud-ouest de Paris.

En courant, pieds nus et avec une robe d'hôpital — habits réglementaires pour tous ceux dans la deuxième partie du programme — je n'ai pas pu parvenir très loin. De plus, je ne comprends pas ce qui écrit sur les panneaux. C'est comme si je ne savais plus lire, je vois des lettres, je sais que cela en est, mais je ne reconnais aucun des noms. Finalement, je suis tellement perdu qu'un simple nom de village ne suffit pas à me retrouver. Je fais de brefs arrêts pour boire de l'eau que j'ai pu voler en partant. J'ai le calepin sur lequel j'écris actuellement grâce à un crayon que j'avais subtilisé il y a presque un an, et une bouteille d'eau que j'ai pu prendre dans le poste de garde pendant le changement du groupe de sécurité.

...

À en juger par le cycle du soleil, cela doit à présent faire plus de deux heures que je fuis. Deux heures qui me paraissent être bien plus. Mes muscles me lâchent, il est évident que j'ai perdu toutes mes forces. Perdre toute capacité à réellement s'enfuir, c'est comme ça qu'ils nous voulaient. Ils souhaitaient que l'on soit faibles, mais qu'ils puissent quand même pratiquer leurs essais sur nos corps sans défense. Nous étions uniquement des cobayes « traités comme des rats de laboratoires ». Et oui malgré tout, je ne me rappelle même plus mon prénom. Pendant tant de temps j'ai été appelé, par mon numéro d'identification 52–15 que je ne sais même plus qui je suis. Nous ne recevions pas d'éducation en étant là-bas.

Heureusement pour moi, j'avais de bonnes notes avant de m'inscrire au programme et à l'âge de 16 ans, j'avais déjà passé mon baccalauréat. Quand on est orphelin, ce n'est pas le temps qui nous manque pour travailler, si on peut dire ça comme ça. De plus, d'après mon coefficient intellectuel, j'étais particulièrement intelligent. Mais ce n'est pas tout, ce n'est pas que comme ça que je souhaite poursuivre ma vie. Donc, courir est ma seule option. À toute vitesse, toujours dans la même direction, en cherchant un moyen de ne plus entendre ces horribles chiens qui me suivent ?

On pourrait croire que pour un groupuscule illégal ils feraient un peu plus attention à leur sécurité, ou du moins à leur discrétion. J'ai déjà traversé plusieurs villages, sans jamais oser m'arrêter. Tout ça pour finalement me rendre compte qu'ils étaient encore à mes trousses. Mon ombre s'est éloigné de la route, passant par de petits bois, à travers champs ou des propriétés dont je suis obligé d'enjamber les murs. Entre eux et moi, la distance se creuse. Le temps d'écrire quelques mots à l'abri d'un muret. Que dire de plus que le fait qu'il va vraiment falloir que je trouve un moyen de rentrer à l'orphelinat ? Le problème, c'est que j'étais en Normandie. Pour être précis, j'étais dans un lieu paumé en Normandie. Et je ne me rappelle pas l'adresse, ni même du nom du village. La seule chose dont je me souviens c'est que la ville la plus proche s'appelait Granville.

Je cherche un nom de ville, ou de village. Sur des panneaux qui pourraient m'indiquer la bonne direction à prendre, mais qui s'obstinent à rester muets. Je fais en sorte d'aller vers l'ouest et légèrement vers le nord, car ma proximité avec Paris m'indique que ce devrait être la bonne direction pour m'éloigner de mes ennuis. C'est à ce moment que je suis extrêmement heureux d'avoir écouté les enseignements de mon prof de SVT, m'apprenant à utiliser le soleil comme boussole. Rien ne me ferait plus plaisir que de retrouver enfin un chemin qui me guiderait et me révèlerait quelque chose que je reconnais. Pour l'instant, je ne vois rien d'autre que des pancartes blanches qui m'indiquent Paris derrière moi. C'est comme si toutes les routes menaient à Paris, et nulle part ailleurs. Si ce n'était pas ces quelques passants que je vois et qui me regardent d'un œil étrange, peut-être aurais-je l'impression de rêver. Je sais qu'ils me regardent comme ça uniquement parce qu'ils me voient passer à la hâte, tout en étant le plus furtif possible et vêtu de ma robe d'hôpital. Malgré toutes les bonnes intentions que je peux avoir, je crois que je vais devoir voler des vêtements. Je ne vois pas d'autres options pour me fondre dans la masse même si cela ne m'enchante guère. Nos cheveux et nos barbes étaient rasés de force, voire épilés à la cire chaude, pour que cela demande moins d'attention. La seule chose qu'il me reste, c'est cette impression de couloirs aseptisés et froids d'une prison qui m'aime trop.

…

Il fait nuit depuis quelque temps. Je m'abrite sous un abribus comme un SDF. Le seul point fort de ce moment, c'est que j'ai réussi à voler quelques vêtements dans une benne de la

Croix-Rouge. Nouvelles acquisitions. J'ai donc un jean, une paire de chaussures, un T-shirt et une écharpe. C'est tout ce qui était jonché devant. Cela a beau être sale, j'ai l'impression de revivre. Je ne vais pas m'autoriser à dormir. Ce n'est pas comme si je manquais de sommeil avec le traitement au centre. Pourtant, passer la journée entière à courir m'a fatigué. Qu'est-ce que je ne donnerai pas pour une douche chaude ? Je n'en ai véritablement aucune idée, je ne sais même plus ce que ça fait. Si je comprends les indications du bus, je me trouve actuellement à deux départements du lieu où je souhaite être. Du moins deux départements et au moins une trentaine de kilomètres. Je pense pouvoir couvrir les 30 prochains kilomètres dans la journée de demain, mais je ne vais pas pouvoir continuer à survivre sans manger. De l'eau j'arrive à en trouver dans les robinets de la ville. De la nourriture ? Eh bien, je vais devoir vraiment chercher. C'est maintenant le moment opportun, je n'ai jamais eu à faire ça de ma vie, mais je vais devoir fouiller les poubelles. Dans le village où je me trouve actuellement, il y a quelques restaurants, certains sont même encore ouverts. Une chose que je n'accepterais jamais est de mendier de la nourriture. Et puis, je ne souhaite vraiment pas qu'ils me déclarent à la police, parce que rien ne me permettrait de savoir si « la bonne âme charitable » travaillerait pour le programme ou non. Ces gens ont des agents un peu partout, et ils ont surement tous ma photo à l'heure actuelle. En attendant l'heure de fermeture, j'essaie d'étudier la carte de la région où je me trouve, et je la recopie soigneusement dans la couverture de mon carnet.

Il devait être 22 heures quand les restaurants ont enfin fermé. L'heure du repas avait sonné pour moi, mon ventre me le criait. Je suis parti chercher de la nourriture parmi les chats de gouttière dans les poubelles des restaurants. Et, il faut croire que j'ai eu de la chance. J'ai même trouvé une canette de bière. Je n'ose pas la boire et la replace où elle était. De l'alcool, dans mon état actuel, cela pourrait m'inviter à rencontrer mon créateur. Quelque chose que j'ai oublié de préciser plus tôt, c'est le fait que, malgré toutes les expérimentations qu'ils m'ont faites, cela n'a eu aucun aboutissement. Aucun changement ne s'est vu sur mon physique ni sur mon mental. Je ne sais même pas quels ADN ils m'ont réellement injectés, car ils ont très rapidement dit qu'en réalité notre choix n'avait pas du tout été pris en compte. Il se pourrait que, si jamais un jour cela prend effet, je sois en homme serpent, ou pire un homme-sourie. Je n'ai pas du tout connaissance de ce que j'ai dans mon sang, dans mes cellules. En ayant mangé mon ragout d'égout, je décide de me remettre en route. Je vais essayer de courir encore quelque peu et de marcher pour le reste.

...

Je n'ai pas pu aller bien loin, très rapidement il s'est mis à faire nuit. Trop pour que je puisse voir. J'ai eu de la chance, car j'ai trouvé un deuxième arrêt de bus, et je m'y abrite pour la nuit. Du moins, c'est ce que je croyais. Peu de temps après m'être allongé sur la banquette de l'abribus, j'en fus chassé par un chien errant qui ne cessait de m'aboyer dessus. Ça devait être son domicile et il ne voulait pas me le prêter. C'est pour cela qu'à l'heure qu'il est, j'écris en marchant le long de la nationale avec ponctuellement quelques voitures qui passent de temps à autre. Si je n'avais pas peur de me faire attraper par les gardes du centre, j'aurais peut-être osé faire du stop. C'est cette peur bleue d'y retourner, les multiples scènes de torture me tournant dans la tête. Ces moments où, sans mot et sans prévenir, on vous injecte je ne sais quel produit dans le sang. On vous enfonce une aiguille de 30 cm dans le dos et vous extirpe votre moelle pour qu'ils puissent vérifier si vous faites un bon cobaye. Je ne veux vraiment pas y retourner. Je ne veux plus vivre ça. Quitte à mourir, ce serait surement mieux sans une blouse blanche et le teint aussi livide qu'elle. C'est ce qu'ont dit beaucoup de mes camarades, beaucoup des autres pensionnaires, et ils en sont vraiment morts.

Il est vrai que pour les voitures qui passent, je dois avoir l'air d'un jeune ivre qui erre sans but et sans raison. Et c'est là que je vois une fois de plus que les hommes ne sont vraiment pas faits pour s'entraider. Pas un seul d'entre eux ne ralentit, même pas un peu, au moment où il m'effleure presque de leurs rétroviseurs. Ma présence est le cadet de leurs soucis, pourtant je sais que je suis visible. Quoique, je ne devrais pas dire ça, quelqu'un vient de ralentir, il n'y a qu'une personne dans le véhicule donc c'est impossible que ce soit des gens du centre. Je n'ai aucune idée de si je devais oser m'approcher, est-ce dangereux ou non ? Finalement, j'ai décidé de tenter le tout pour le tout, je m'approche et la personne sort de son véhicule. Dans le peu de lumière causée par les phares de voitures passantes je peux voir que c'est un jeune d'à-peu-près mon âge. Il me fait signe d'approcher, et je m'exécute. Il est vrai que j'ai une peur bleue d'une confrontation, car je n'ai absolument aucune idée de mes capacités à me défendre. Si jamais il décide, une fois qu'il me voit, de repartir, je n'aurai d'autres choix que de le laisser faire de toute façon. Pourtant, j'aimerais tellement lui demander de m'avancer au moins jusqu'à la prochaine ville.

Arya

Punaise, je n'y crois pas, il est 22 h 15. Je n'ai toujours pas fini ce devoir de maths. Je vais me faire tuer par le prof de maths si je ne le rends pas dans les temps. Bon, après tout si elle ne donnait pas de DM à faire du jour au lendemain, il n'aurait peut-être pas vraiment besoin de crier. En plus, ce n'est pas comme si j'avais quelqu'un à qui demander de l'aide, tous mes camarades habitent trop loin pour que je puisse les voir et leur poser des questions. En plus, pour la plupart d'entre eux ils vont simplement demander un délai supérieur à celui donné par le prof. Je suis censé être dans un des meilleurs lycées de France, du moins c'est sa réputation, pour moi c'est uniquement parce qu'il se situe à 100 m. Depuis que mes parents se sont séparés, je me vois dans l'obligation de vivre uniquement chez ma mère pour la part des cours, et de passer quelques weekends et quelques vacances avec mon père. Ce n'est pas nécessairement une vie souhaitée, mais je le vis plutôt bien. En même temps, quand on a 18 ans, et qu'on est dans la période où il faut passer le baccalauréat, que demander de plus qu'un lit, de la nourriture, et nos cours ? Enfin, c'est ce que disent les profs ; personnellement si ce n'était pas pour tous les livres que je lis, je serais totalement incapable de continuer au rythme qui nous est imposé par les profs. Le pire c'est qu'ils nous menacent chaque jour de rater notre année et de devoir reprendre. Ne comprennent-ils donc pas que ce n'est pas une bonne technique pour nous motiver ? Et ce n'est surement pas du tout comme ça qu'ils vont réussir à faire de nous les élèves modèles qu'ils cherchent. L'an prochain, je vais aller faire mes études à Paris, j'ai déjà été pris par l'université de mon choix. Maintenant, ce qu'il me faut faire c'est d'augmenter mon dossier pour être sûr qu'il ne me refuse pas au dernier moment.

Il est vrai qu'à me voir, vous pourriez vous douter de mon comportement. Je ne suis pas bien grande, de temps à autre, on ne voit même pas mes yeux qui se cachent derrière mes cheveux. J'ai tendance à essayer d'être plutôt discrète ce qui fait que les gens ont tendance à simplement me survoler du regard. Je n'ai jamais vraiment l'impression de taper dans l'œil de quelqu'un, c'est d'ailleurs pour cette raison que je suis encore célibataire. Ma meilleure amie me dit toujours que ce n'est pas le cas, que plein de garçons me regardent, mais moi je n'en vois jamais et aucun d'eux ne m'approche. Franchement, je ne comprends même plus de quoi cela retourne que d'être en couple. Tous ceux qui le sont me font une peur bleue à l'idée que je me retrouve dans cette situation si étrangère qu'est l'amour. Ils sont tous fous et au centre de l'attention… Non merci, ce n'est pas pour moi ! Qui plus est, il n'y a pas un seul de ces êtres du sexe opposé qui pourrait même vaguement m'attirer. Enfin, je dis ça, mais c'est vrai qu'il se pourrait que ça arrive, mais ce n'est pas encore le cas.

Une fois les cours finis je peux enfin rentrer chez moi, je n'ai pas sport aujourd'hui du coup je rentre plus tôt. Comme il fait chaud, je vais surement aller courir dans la soirée.

Bon, finalement le footing sera pour une autre fois; j'ai dû aider maman toute la soirée. Ce n'est pas un souci, mais parfois j'avoue que j'aimerai bien faire plus de sport, mes heures de gym sont trop disparates. Cela fait plusieurs fois que je cherche un autre sport à faire, mais le problème c'est que tous ceux que j'aime sont, soit hors de prix, soit n'ont pas d'horaire qui me conviennent. J'ai toujours ce fichu DM de maths à faire pour la semaine prochaine, mais je n'ai aucunement la motivation de le poursuivre. Tout cela me prend tellement la tête que je décide tout de même d'aller me balader un peu autour du parc de la mairie. Le crépuscule ne tardera pas à pointer son nez, mais je m'en moque j'ai besoin de marcher, je ne fais qu'étudier sans relâche ces derniers temps.

…

À qui d'autre est ce que ce genre de chose pourrait arriver ? Franchement, je n'y crois pas, il fallait que je me blesse alors que je fais une simple balade. Je me suis pris une racine et, m'étalant de tout mon long dans la boue, je n'ai ne rien trouver de mieux que de m'écorcher toute la jambe sur un rocher.

Alors que je suis là, par terre, je sens une présence près de moi. Je n'ai pas encore cherché à me relever et voilà qu'un jeune homme en haillons me tend la main pour me relever. Je ne suis pas enchantée à l'idée de laisser une personne dans son état m'aider. Il me regarde avec insistance et sans réfléchir je prends sa main. Il me remet sur pied et d'un seul geste chasse la terre de mon dos.

- « Ça va ? Tu n'as pas trop mal ? » me demande-t-il
- « Bah… Si ça fait un mal de chien et je saigne pas mal.
- Désolé, je n'ai pas été assez rapide pour te retenir de tomber.
- Ce n'est pas ta faute, mais dis-moi au juste pourquoi tu es dans cet état.
- C'est une très longue histoire; si tu as le temps, je peux te la raconter. Mais avant il faut te soigner, tu loges dans le coin ?
- Euh, oui. Juste un peu plus haut dans la rue là-bas.
- Je te proposerai bien de t'aider à rentrer, mais je doute que ce soit bon pour toi d'être vue avec une personne dans mon état.
- Ce serait gentil et je me moque totalement de ce que pensent les gens ! Surtout que je veux en apprendre plus sur cette histoire. »

C'est sur ces mots qu'il passe un bras sous mes épaules et avec une force surprenante m'aide à rentrer chez moi.

Encore en vie

Au bout de 15 minutes, elle réapparait dans l'encadrement de la porte, avec une dame qui doit être sa mère. Elle m'avait dit de rester là, le temps qu'elle « prépare ». De ce fait, je suis resté assis devant sa porte. J'ai honte avec mes habits en loque et mon odeur horrible, c'est une horreur que d'être en présence de gens si civilisés. Le pire n'est même pas leur présence, mais surtout le fait que j'ai encore hyper peur des regards extérieurs, je suis chassé après tout. Je remarque que la jeune fille semble aller beaucoup mieux et son odeur me dit qu'elle a eu le temps de faire sa toilette aussi. Je n'ose même pas me lever au début, mais sous le regard inquisiteur de la jeune fille sa mère lui dit :

- « Non, mais tu as vu son état, et tu me dis qu'il t'a aidé jusqu'ici après ta chute ; je comprends ta demande Arya. » Son regard passe de moi à sa fille tous les deux mots, mais je ne sais toujours pas de quoi elle parle.
- « Merci maman », dit-elle à sa mère. « Tu t'appelles comment ? » Me demande-t-elle ?
- « TGX-5155 » je le dis sans réfléchie et sous leur regard étonné je me reprends. On m'appelait Falawk avant. »
- « Et bien Falawk, il apparait que tu n'as pas eu une vie facile vu le nom. Tu ne sors pas de prison n'est-ce pas ? » demande la maman d'Arya.

- « Ah ! Non pas du tout ! Je vous rassure je n'ai rien d'un criminel, c'était le centre Cross-Gen qui m'a nommé ainsi. » Bon, j'en dis un peu trop, mais je n'ai aucune envie qu'elle appelle la police.
- « Me voilà rassurée, entre donc il va faire nuit et je crois que je peux bien t'offrir un repas chaud en remerciement. » Reprend-elle. C'est une évolution inattendue après sa demande précédente, mais je l'avoue, un repas me fera du bien.

Elle dit à Arya d'aller chercher quelque chose, je ne comprends pas tout, mais si je ne m'abuse elles parlent de vêtements. Elle a dû déchirer son short quand elle est tombée plus tôt. Je suis la mère d'Arya jusqu'à leur salon et elle m'invite à m'assoir et me propose un café. Je n'en ai pas bu depuis plus de 2 ans donc je ne sais même plus quel gout cela peut avoir. J'accepte sa proposition et elle me laisse pour aller le préparer. Arya revient avec dans ses mains des vêtements, mais ce sont des habits masculins… Je ne comprends pas, pourquoi aurait-elle cela ? Elle me sourit puis va dans la cuisine. J'entends des bribes de conversation entre elle et sa mère, mais je ne comprends pas tout. C'est uniquement quand elles reviennent dans le salon que je comprends le sujet de leur conversation : moi. En fait, ce n'est pas juste moi, c'est aussi mon état. C'est bien vrai qu'il laisse à désirer, mais leur réaction est un peu inattendue. Arya me demande de la suivre et sa maman m'assure que le café sera prêt à mon retour. Je m'exécute juste pour la voir m'emmener à l'étage et surtout dans la salle de bain. La partie où il me faut monter l'escalier est surement le plus difficile, mais je ne souhaite pas paraitre encore plus faible que ce que je suis déjà. C'est vite révélé quand je tombe presque dans l'inconscience avant de franchir la dernière marche. Arya me retient de tomber et c'est là qu'elle se rend compte de mon faible poids. Je la laisse me retenir et m'aider à arriver jusqu'à la salle de bain.

À peine m'a-t-elle amené jusqu'au bain que je sombre dans l'inconscience. Je n'ai que le temps d'entendre son cri de demande à l'aide avant de perdre tout lien avec la réalité. Je n'ai aucune idée de ce qui se passe avec mon corps, mais dans cette partie de mon esprit tout est juste noir.

...

Redevenir conscient est parfois bien compliqué, semble-t-il, mais quand je rouvre les yeux je me rends compte de plusieurs choses, je suis en peignoir dans le bain vide. Et évidemment nu comme un ver en dessous. Que de bons souvenirs de me retrouver ainsi vêtu ! J'essaie de me relever et au bout de plusieurs essais je finis par y arriver. Je ressers le peignoir pour essayer de cacher un peu mon corps ; après tout, si je ne me trompe pas, c'est la moindre des choses à faire. Comme je le craignais, Arya n'est plus à l'étage, mais sur son lit je trouve un change de vêtements masculins à ma taille. Mais les sous-vêtements ne sont pas exactement ceux d'un homme : un short violet et vert. Ce doit appartenir à Arya, mais avec mon poids très faible il me va étonnement bien. Dès que je suis habillé, j'entreprends de marcher un peu plus, sentant l'inconscience me guetter je m'assois au bureau de la jeune fille. Tiens, elle a un devoir de maths, ça fait une éternité que je n'en ai pas fait, mais étonnement il me semble très facile. Comme je n'arrive pas encore à marcher, je ramasse son stylo et en quelques minutes je résolus les problèmes du DM en entier, sur une feuille volante qui trainait au sol. Je la dépose sur son bureau et estime que je dois avoir la force de marcher à présent. Je me lève et descends les escaliers.

Arya et sa mère sont dans le salon en train de discuter. Dès mon apparition, un solide silence s'installe, mais il ne dure que deux secondes puis c'est la folie. La mère d'Arya m'en veut de ne pas avoir demandé de l'aide pour revenir en bas, mais je l'assure que je vais un peu mieux et m'excuse d'être tombé dans les pommes. Arya me demande si les vêtements me vont bien, et quand je lui assure que oui je vois la rougeur de son visage. Ne pouvant m'en empêcher je me permets de les remercier toutes les deux d'avoir pris soin de moi ; avant même que j'ai temps de finir ma phrase la mère d'Arya se lève et dit que nous jeunes dévons parler. Je ne comprends pas puis Arya prend la parole :

- « Falawk, je suis navré, mais j'ai dû m'occuper de toi. Je ne veux pas que tu sois gêné, mais nous sommes tous deux des filles et en âge nous sommes plus prêts, je crois.
- Euh. Non, ce n'est pas grave j'ai l'habitude qu'on me voit. Le centre nous y forçait deux fois par jour.

- De quel centre parles-tu, c'est quoi ce Cross-Gen ? Et surtout pourquoi as-tu une forme si spectrale ?
- Cross-Gen, et bien c'est une longue histoire.
- Vas-y si tu veux.
- Bon, d'accord. »

Sa maman nous interrompt pour nous inviter à nous mettre à table. Arya m'y aide et me dit que je suis trop léger, mais alors vraiment trop. Et j'avoue que j'ai l'impression que mes membres pèsent une tonne donc je ne comprends pas trop de quoi elle parle. Arya nous sert et sans plus attendre elles attaquent leur plat. Une fois de plus, mon état fait que je suis resté fiché. J'en suis à prendre des toutes petites bouchées et en moins de deux secondes je me rends compte de ma réelle faim. Mais surtout, je me rends compte que je n'ai pas mangé quelque chose d'aussi bon depuis l'orphelinat et encore. Je suis gêné, mais ne peux m'empêcher de vider mon assiette en quelques minutes. Ce n'est qu'après la troisième assiette qu'Arya prend la parole :

- « Euh… Falawk, tu ne devrais peut-être pas trop manger vu ton état.
- Je suis désolé, je n'ai pas mangé de la vraie nourriture depuis au moins 2 ans, ça fait trop de bien d'avoir le ventre à nouveau rempli.

- Je comprends bien ne t'en fais pas. D'ailleurs, tu veux bien nous en dire un peu plus sur Cross-Gen ? » Demande sa maman
- « Je peux, mais l'histoire va être longue ».

Je reprends mon récit depuis le début, d'abord je dois raconter tous mes souvenirs. À cause de ma perte de mémoire suite à l'accident avec mes parents, je ne me souviens pas de mon enfance. La seule chose que je peux leur dire c'est que ma mère était en fin de grossesse de ce qui aurait dû être ma sœur. Je leur raconte tous mes souvenirs de l'orphelinat et j'ai droit à beaucoup d'étonnements quand je leur dis que j'ai eu mon bac à tout juste 16 ans. Je me permets tout de même de leur dire que c'est uniquement, car l'orphelinat ne voulait pas me laisser le faire plus tôt. Quand je leur raconte ma période où j'ai découvert Cross-Gen, le fait que je me suis dit « Pourquoi pas, ça ne peut pas être pire que mon passé ! » ? La maman d'Arya me regarde d'un air triste et sérieux à la fois. Elle se lève et fait chauffer de l'eau, puis me demande de bien vouloir continuer ma description de Cross-Gen et de ce qu'ils m'ont fait.

C'est au bout d'une tasse de thé bien chaude, et au moins une demi-heure de mon histoire qu'enfin je finis de parler de moi. Mes hôtes m'invitent à passer une nuit ou deux et de m'emmener à l'orphelinat dès le samedi. Ne souhaitant pas refuser, non sans intérêt de ma part, j'accepte avec joie leur proposition. Sans que je m'y attende, Arya propose que je dorme sur un matelas dans sa chambre pour qu'elle puisse veiller sur moi au cas où je sombrerais à nouveau dans l'inconscience.

Bonne nuit !

Je n'aurai jamais cru que ce soit possible de faire ce qui lui a été fait. Me voilà sous ma douche à me poser de sérieuses questions sur ce jeune homme. Il a mon âge (presque exactement) et il est plutôt mignon malgré ses airs un peu maigrichons actuels. Je me demande seulement ce qui va lui arriver. Il n'a ni papiers ni argent, et je sais que maman ne va pas pouvoir l'aider de beaucoup…

De retour dans ma chambre, avec mes verres sur le nez, et dans le noir, j'ai failli ne pas reconnaitre la forme allongée à côté de mon lit sur le matelas. Il est en position fœtal et doit dormir profondément, mais… attendez… Non, ce n'est pas possible, il miaule ! Il miaule ou ronronne en dormant. C'est juste trop mignon. Ça mériterait presque que je l'enregistre, mais bon j'ai un DM à finir avant. M'assoyant devant mon bureau, en essayant de ne pas faire trop de bruit, j'allume la lumière et surprise : il a fait mon DM. J'hallucine ! Ça doit faire presque une dizaine d'heures que je suis bloquée au deuxième exercice. Malgré le fait que c'est très difficile de relire son écriture, je reconnais toutes les techniques de calcul que notre prof utilise, même la présentation est semblable. Pour ne pas perdre de temps, je recopie tout sur ma copie et en moins de 5 minutes j'ai fini. Au moment où je me couche, je l'entends encore une fois miauler et je n'arrive presque pas à réprimer un petit rire. À son deuxième miaulement, je n'y tiens plus, je suis obligé d'enregistrer ça ! Avec mon portable j'en prends un ou deux en mémoire puis enfin je me rends compte de quelque chose. Il ne dort pas, mais alors pas du tout. Il m'observe avec des yeux grands ouverts. Je ne comprends pas pourquoi, je veux dire je n'ai rien de spécial, je ne suis même pas si belle que ça.

Il remarque mon gène et sans que je m'y attende, il tend la main vers moi et ferme les yeux. Je prends sa main, et d'un geste doux il m'attire vers lui. Je pose un genou au sol, puis l'autre et là il prend ma main, la pose sur sa tête et prends mon autre main dans la sienne. Je ne comprends pas tout de suite ce qu'il demande, mais ce n'est pas non plus trop compliqué. Il veut que je lui gratte la tête. C'est la première fois de ma vie que toucher un garçon me gêne autant. C'est vrai que je le trouve mignon, mais pas non plus au point où ça me dérangera de la toucher. Du moins, je n'y aurai pas cru. Une chose est sûre, même ses cheveux noirs de jais sont doux. Je savais que sa peau l'était, mais je n'ai pas beaucoup touché ses cheveux.

Le plus étonnant est surement le fait qu'il miaule, je ne m'en remets toujours pas. Je n'ai peut-être aucune connaissance dans le domaine de l'amour, mais je dois avouer que je commence à avoir un faible pour lui. Si on me disait ça, j'aurais essayé de soigner la folie de mon interlocuteur. C'est impossible que je tombe amoureuse d'un coup de foudre. Je me suis toujours dit que de toute façon je n'aurai jamais de relation sérieuse ou longue et voilà qu'un quasi-inconnu me fait cet effet. Si le destin existe alors il aime bien me jouer des tours.

Moi qui plaide toujours en faveur de ma solitude amoureuse voilà que je suis sujet à ce sentiment. Il doit le ressentir aussi. Du moins je crois, car dès que je décale ma main il m'attire vers lui, et s'en prévenir m'allonge à côté de lui. Passant un bras autour de moi, il me fait un câlin et sans plus attendre s'endort contre moi. C'est presque impossible de savoir s'il dort. Il ne fait pas le moindre bruit ; rien de plus que sa respiration. C'est un son bien plus mélodieux que le mien, doux, et à l'évidence, il est mort de fatigue. Je n'ai aucune envie de bouger et j'ai les paupières bien trop lourdes pour que je m'embête à essayer de repartir dans mon lit. Je me cache sous la couette, un peu contre lui. Il m'enlace avec son bras et écarte un peu les jambes de son corps comme pour m'inviter à m'approcher. Je n'ose pas, mais je m'endors si vite que de toute je n'ai pas le temps de m'approcher davantage.

Au réveil, la chose la plus inattendue est arrivée, je suis toujours sur le matelas, mais seule. Sur mon lit, mon sac de cours est fait avec les bonnes pochettes et classeurs pour les cours de ce jour. Des habits m'attendent sur le lit. Je ne comprends pas exactement ce qui se passe, mais sans trop réfléchir je me dis que Falawk essaie de me remercier en m'aidant avec mes tâches quotidiennes. Le plus étonnant par contre c'est la faible odeur que je sens monter de la cuisine : des pancakes ! Maman n'en fait presque jamais, mais si elle en fait c'est surement pour une bonne raison. À la vue de l'appétit de Falawk, rien ne pourrait m'étonner en ce moment.

Arrivée dans la cuisine, mes lunettes mal misent et les cheveux en bataille, je me laisse d'abord tomber sur une chaise avant de chercher à comprend la situation. Falawk est en train de faire les pancakes. Il a mis la table pour moi et maman et nous avons déjà chacune trois pancakes sur nos assiettes. Je souris, lui dis bonjour et embrasse ma mère. Dès que je suis installée à table, je me rends compte qu'il m'observe du coin de l'œil, mais surtout je vois que ses yeux ne sont plus comme avant. Ils ont des iris en croix. Je n'ai jamais vu ça de ma vie ! Et ce n'est pas la seule chose, il semble avoir des écailles autour des yeux. Ce doit être les effets des mutations faits par Cross-Gen, mais il avait dit pourtant que cela n'avait eu aucun effet. Je retire mes lunettes, les nettoie sur mon T-shirt et, non, effectivement, il y a bien des changements.

De ma place à la table, je me permets de l'observer discrètement tandis que lui répond docilement aux questions de maman. Elle lui indique qu'il commence à avoir des mutations à l'œil et cela semble le réjouir : « Au moins, je n'ai pas souffert pour rien », dit-il. Je lui fais remarquer que ses cheveux ont encore poussé aussi. Ils semblent avoir pris au moins cinq centimètres. De plus, ses oreilles changent un petit peu de forme. Il est vrai que je ne devrais pas remarquer ce genre de choses, mais après tout nous avons passé déjà pas mal de temps ensemble. Du moins, si on prend en compte le fait que l'on se connait depuis moins de 24 heures.

- « Je dois bientôt aller en cours, je prends à 8 h 30. Maman tu penses qu'il pourrait venir avec moi pour la journée ?
- Je ne vois pas comment tu pourrais faire passer ça avec tes enseignants, mais ça ne me dérange pas. Du moins, si tu en as envie Falawk. Peut-être devrais-tu encore te reposer ?
- Je vais déjà beaucoup mieux merci, et je ne sais pas trop quoi faire. Je pourrais passer pour ton correspondant étranger si tu veux Arya.
- Mais comme tu parles si bien français, ce sera trop vite découvert que c'est faux.
- Oui, mais je parle encore mieux anglais. D'après l'orphelinat je serais peut-être de naissance anglaise.
- Oh ! Je ne savais pas, eh bien oui pourquoi ne pas dire que tu es mon correspondant linguistique. En plus, j'ai anglais aujourd'hui. »

Sur ces mots, je monte chercher mes affaires et pendant ce temps il se prépare aussi. C'est toujours très gênant de regarder le matelas sur mon sol, là où nous avons dormi. Je crois surtout que je suis si surprise du fait de ne pas avoir passé la nuit seule que je ne m'en rends même pas réellement compte. Je lui mets deux ou trois affaires dans mon sac et nous partons.

Arrivés au lycée, nous attirons quelques regards, mais rien d'inattendu, après tout un garçon et une fille ensemble au lycée c'est immédiatement sujet de ragots. Je le présente à mes amis et nous gardons pour tout le monde le scénario de couverture. Dès la première sonnerie, je me rends compte que l'avoir avec moi n'est peut-être pas une mauvaise idée, les premiers cours sont ceux d'économie et de maths. Les profs n'y voient que du feu et sont très heureux d'avoir un élève qui comprend tout à leur cours. Falawk me surprend même en allant au tableau pour résoudre un problème de maths. Mr Cavalier est encore plus surpris que moi, non seulement Falawk répond au problème, mais en plus il l'explique à l'oral en même temps et avec une exactitude surprenante. Ils discutent ensemble pendant tout le reste du cours et je rends mon DM, avec plusieurs jours d'avance. À la fin du cours, le prof me sourit, me met un 20 et me rend ma copie. « Je sais très bien que ça doit être juste », dit-il.

Une fois en pause, j'offre un chocolat chaud à Falawk et nous rejoignons les amis dans le hall. J'ai cours d'anglais après et pour ça j'avais aussi du travail que je ne pas fais, mais je ne m'inquiète pas de trop, je ne suis pas trop mauvaise en langues. De plus, je suis presque certaine qu'avoir mon « correspondant » britannique avec moi devrait faire de l'effet. J'hallucine à quel point ça peut être pratique, en ce mercredi d'une semaine pourrie, d'avoir avec moi Falawk. Quand la sonnerie retentit, je lui attrape la main et le tire dans la direction de la salle de cours. J'avoue avoir agi ainsi plus par désir de tenir sa main que par peur qu'il se perde, mais personne ne le saura. On s'installe au fond de la salle de cours et dès que Mme Pradat entre dans la salle elle le regarde : « Welcome to France! » dit-elle à l'égard de Falawk. Il la remercie puis elle commence son cours.

Pendant toute l'heure, nous revoyons seulement les verbes à particules et les différentes conjugaisons. Je lui demande de l'aide parfois et finalement il m'explique tout le système. C'est impressionnant de voir sa facilité à expliquer les choses. Je n'aurais jamais cru qu'un cours d'anglais pouvait être aussi intéressant que quand il me l'explique. De plus, il semble y prendre un réel plaisir. L'heure passe très vite et avant même que je m'en rende compte la sonnerie met fin au cours. Après ce dernier cours de la matinée, nous partons à la boulangerie chercher du pain avant de rentrer chez moi pour manger. Maman ne rentre que ce soir, donc nous avons tout l'après-midi de libre ; seul mon cours de gym de ce soir s'ajoute à l'emploi du temps. Quand je dis ça à Falawk, il me demande s'il pourrait venir avec moi, comme il en a fait il y a longtemps : il aimerait reprendre un petit peu. Pendant tout le temps qu'il nous reste, nous faisons tellement de choses que je ne saurais presque pas toutes lister. Entre faire un gâteau et lui coudre deux ou trois habits, nous avons aussi le temps de faire quelques recherches sur Cross-Gen. Apparemment Falawk n'est pas recherché, mais plutôt considéré comme mort, pour lui c'est un grand soulagement, mais il reste sceptique quant à leurs recherches. C'est avec beaucoup de gène que j'ose lui demander pourquoi il était couvert de fourrure par endroit. Moi qui croyais que c'était de simples poils au début me suis vite rendu compte que ce n'est pas le cas : il a une fourrure blanche — grise dans tout le dos et un peu sur le torse et les jambes. Sa réaction est rigolote, mais aussi très gênante pour moi, nous sommes après tout dans ma chambre et je l'observe de près au moment où il décide de se déshabiller presque totalement. Avec seulement mon short comme vêtement, il se regarde dans le miroir et moi je ne peux m'empêcher de le regarder.

Le décrire n'est pas chose facile, mais je dois dire que certains traits ressortent fortement : il est évidemment musclé malgré la malnutrition, ses cheveux ont encore poussé, mais ils ne deviennent pas blancs comme le reste de sa fourrure, ils sont toujours noirs de jais. Quant à son visage, il est angulaire et ses oreilles remontent vers le haut de son crâne et prennent une forme féline. Ah et ne pas oublier ces yeux aux iris en forme de croix : ils sont d'un vert herbe si prononcée que l'on pourrait croire à des lentilles de couleur néon. Et bien évidemment les écailles qui font tout le tour de son arcade sourcilière et descendent sur les côtés de ses yeux. Il ne remarque pas trop mon regard qui languit sur lui, car il est aussi étonné que moi de voir cette fourrure naissante. J'avoue que je trouve ça plutôt craquant en faite, c'est étrange que je sois attiré par cette particularité qui fait de lui une personne de moins en moins humaine. Mais très clairement il n'y a pas trop à se poser de questions après tout, je crois, bien avoir subi un « coup de foudre ». Je ne sais même pas si cela existe vraiment, mais si oui et bien c'est mon cas. Je me permets de le regarder encore un peu avant de me rendre compte de quelque chose, il m'observe tout autant…

Mais qu'est-ce que je deviens ?

Après avoir constaté que non seulement j'ai une fourrure de plus en plus prononcée sur tout le corps, que mes yeux sont plus qu'étranges, que mes cheveux poussent bien trop rapidement et qu'ils ne sont plus de leur couleur d'origine. Ceci dit, je dois avouer que rien ne me surprend autant que mes oreilles. Je veux dire, ils sont à présent au moins 3 centimètres plus haut que là où ils devraient être, et surtout que j'ai l'impression d'avoir des oreilles d'elfes ou de félin avec leur nouvelle forme. Mais si l'on passe sur moi pour un peu, je me suis aussi rendu compte que malgré ce que j'essaie de me faire croire je suis plutôt fortement attiré par Arya. Et plus que juste être attiré je crois que cela va jusqu'à une sorte de besoin d'être à ses côtés. C'est très étrange pour moi de ressentir une telle chose alors que je me suis toujours dit que je n'étais pas près de ressentir un sentiment si fort. On dépasse pourtant ce que je crois être l'amour, c'est véritablement une question de besoin.

Seulement une demie heure de plus et nous sommes en route pour la salle de sport voisine. Dès qu'on est arrivé, elle me donne des affaires de sport qu'elle avait pris pour moi dans son sac ; enfin, elle me donne un short qui me va plutôt bien. Je garde le T-shirt que j'avais déjà et dès qu'elle s'est changée nous entrons dans la salle. À mon étonnement, leur enseignante n'y voit aucun mal à ce que je m'entraine sur les agrées et même sur une portion du praticable. Ne sachant pas exactement par où commencer à cause de mon manque d'entrainement récent je commence par m'échauffer avec eux et suis plus que surpris de retrouver une flexibilité bien supérieure à celle que j'avais avant. Je suis capable de tenir un semblant de grand-écart, chose qui jusqu'alors m'avait été tout à fait impossible. Je n'ose pas trop pousser mes limites, mais dès que je suis sous les anneaux c'est comme si mon passé me revenait en une seconde. Je me place droit sous les anneaux en un seul saut bien plus haut que prévu j'attrape les anneaux au niveau des hanches et sans plus attendre entreprend de faire un pivot complet. J'enchaine par une croix de fer inversée et sous le regard stupéfait de leur enseignante passe de cette figure à la Croix-de-Fer en équerre puis droite. Je la vois demander à Arya quelque chose, mais étant trop concentré sur ce que je fais je n'entends pas un traitre mot. Je me fatigue un peu vite à mon gout, mais vu mon état je ne pouvais pas m'attendre à autre chose. Je fais ma sortie en saut périlleux vrillé et atterris un pied sur le praticable. Soit à plusieurs mètres de l'agrée. Je n'y comprends absolument rien et toutes les filles, y compris leur enseignante, sont abasourdies. Je suis sous le choc aussi, mais ne voulant pas laisser paraitre ma détresse je me relève et enchaine par un double salto arrière avant de me retrouver au bord du praticable où je m'assois.

Je suis moi-même plutôt bien étonné de pouvoir encore en faire autant, mais je ne crois pas que l'étonnement que je ressens l'emporte sur celui des filles ici présentes. Je n'aurai vraiment pas cru pouvoir reprendre si vite mes anciens enchainements et bien moins les tenir dans mon état assez mauvais actuel. J'en suis même si ravi que j'aille devoir remercier Arya de m'avoir laissé l'accompagner.

Après le doux moment de folie que j'ai pu ressentir au moment de me défouler ainsi je ne peux aussi m'empêcher de regarder cette demoiselle en action. Je veux dire, la facilité avec laquelle elle est capable de faire ses enchainements laisserait soupçonner une facilité pour un œil inexpérimenté, mais je sais très bien que c'est tout sauf facile ce qu'elle fait. Leurs duos sont une des choses les plus jolies que j'ai jamais vues. Les voir avec leurs engins, à l'occasion un cerceau, est fascinant. Regarder la coordination dont elles font preuve. Chose étonnante pour moi, je me rends de plus en plus compte de mon attraction pour Arya. Je remarque ainsi aussi ses aptitudes diverses et cela m'en donne un tout nouveau regard. Ne voyant d'autres moyens que de lui dire, j'attends la fin de son entrainement avant de lui faire part de ce que je pense d'elle. Elle va surement avoir peur et je ne devrais vraiment pas la brusquer ainsi, mais que faire d'autre après tout elle m'attire pourquoi lui mentir ? Et pire pour quoi lui cacher ? Si je me rappelle mes lectures, cela me fait drôlement penser aux loups qui s'empreignent d'un partenaire à vie.

Dès qu'elle a fini et que leur prof met fin aux enchainements, je pars me changer en même temps qu'elle. Sortie plus vite, je décide de lui faire une petite farce. Je me cache derrière la porte de la salle en l'attendant. Elle ne tarde pas à arriver et je lui « saute » dessus. Plus honnêtement, je la prends dans mes bras et lui dis, sans réfléchir, « Je ne te lâche plus ! ». Comble de l'inattendu, elle rigole et se pelotonne contre moi.

-   « Tu sais que tu es mignon quand tu t'y mets toi ?
-   Toi de même ! En plus tu es super forte en GR, qui aurais cru que tu serais aussi apte. Ce sport n'est pas facile après tout.
-   Hum hum ! Et toi tu es quoi alors, tu faisais de la gymnastique artistique avant non ?
-   Oui, mais j'ai arrêté quand j'avais 14 ans, je m'étais fait mal à l'époque. Qui aurait cru que la gym est comme le vélo ?
-   Je ne suis pas si certaine, c'est peut-être un nouveau talent de ta part. Une superbe mémoire musculaire, ou juste des habitudes excellentes.
-   C'est vrai que c'était presque trop facile, je vais devoir expérimenter jusqu'où je peux pousser, car pour l'instant c'est invraisemblable cette capacité à tout refaire alors que je manque cruellement d'entrainement.
-   Oui, moi je trouve que ce n'est pas très juste. En plus d'être intelligent et beau, tu es bon en sport. »

Je ne suis pas sûr qu'elle s'attende à dire tout ça. Elle vire au rouge écarlate et je l'y rejoins très vite me rendant compte que je la tiens encore contre moi. Pourtant ne voulant pas la lâcher, je lui prends la main et commence à mener nos pas vers sa maison. On en est presque à courir comme des enfants au bout de quelques mètres. N'ayant absolument aucune idée de ce qui nous pousse à cette douce folie et n'ayant aucune envie de la subjuguer, nous courons. Et ce n'est qu'au bout d'un bon 500 mètres que le calme revient légèrement, lentement, à son rythme. Le fou rire s'enchaine dès la fin de l'extase de notre course folle. Arrivée devant sa maison nous sommes à bout de souffle, non pour d'avoir couru, mais tout simplement d'en avoir trop ri.

Samedi

La fin de la semaine de cours se passe à peu près sans encombre et avec peu d'évènements étonnants mis à part le fait que je n'ai pas passé une seule nuit dans mon lit. Je n'aurai jamais cru que, malgré le fait que maman nous a grillé ce matin ensemble, en train de dormir sur le matelas, elle n'ait rien dit. À présent, nous sommes dans la voiture en route pour Granville, du moins un village en périphérie. L'adresse n'a pas été excessivement difficile à trouver sachant qu'un seul orphelinat est présent pour toute cette partie du département. La route n'est pas particulièrement intéressante ce qui fait que la conversation tourne très vite vers Falawk. Ayant eu nouvelle de ses exploits lors de mon cours de gym, maman lui pose beaucoup de questions sur son passé. Et quand je dis beaucoup je veux dire énormément. Je ne l'ai jamais vue aussi intéressée par une personne, c'en est même surprenant.

Il lui raconte son enfance à l'orphelinat. Seul la plupart du temps, son avance dans le curriculum scolaire l'empêchant d'avoir des amis dans la catégorie de son âge et de ceux de sa classe. Il lisait une quantité phénoménale de livres, pratiquait deux sports et sinon faisait du dessin et écrivait des histoires. Il a aussi créé une sorte de langage hyper simplifié pour prendre des notes très rapidement et pour écrire des choses que personne hormis lui-même ne devait pouvoir lire. Je lui demande de me l'apprendre et n'y voyant aucun inconvénient, il me promet de le faire. C'est sur cette promesse que nous arrivons à l'orphelinat : un bâtiment qui a très visiblement eu de meilleurs jours. Ceci dit, il semble tout de même assez accueillant.

Entrer dans ce lieu semble presque douloureux pour Falawk ; il a les yeux baissés et l'air morose. De plus, je me rends compte assez rapidement qu'il tremble légèrement. Je ne peux donc m'empêcher de lui demander : « Tu ne te serais pas par hasard enfui d'ici toi ? »

Son hochement de tête affirmatif en dit bien plus qu'il ne le pense. Ne voulant pas le décourager davantage, je stoppe mes autres questions avant qu'elles ne sortent de ma bouche.

Arrivé à l'entrer, je me rends vite compte que ce bâtiment n'est pas du tout aussi accueilli de près que de loin. Et la matrone qui cri à perdre haleine à l'intérieur renforce les tremblements du jeune homme. Maman sonne à la porte et en une seconde un silence de mort s'installe, la porte s'ouvre, et là devant nous se tiens une toute petite femme, les joues rouges.

Bonjour, comment puis-je vous aider ? » Nous demande-t-elle avec une voix très faussement enjouée.

-   « Nous cherchons des informations à propos d'un de vos anciens pensionnaires, un dénommé Falawk. » Réponds maman.

- « Tiens voilà une chose étonnante, il y a moins d'une semaine d'autres personnes sont venues à sa recherche aussi. Je ne peux vous en dire plus qu'à eux : il est parti il y a 2 ans et je ne l'ai jamais vu après cela.

- Et vous ne saviez rien au sujet de ses parents biologiques ?

- Absolument rien, il nous est arrivé amnésique et ne parlant pas un mot de français. Chose étonnante il l'a appris en à peine 3 mois. Pour un enfant de 5 ans, c'est très rapide.

- Et si je vous disais : chambre 43, deuxième étage, au fond du couloir violet-marron. Est-ce que cela vous aide à en savoir un peu plus ? » Ajoute Falawk.

- « Cette information n'est connue que de nos plus anciens pensionnaires, que saviez-vous sur cette chambre ? » Demande la matrone d'une aire suspecte

- « C'est votre réserve personnelle, vous y entreposer toutes les possessions des pensionnaires pour "soi-disant" leur protéger. » Dit-il

- « Mais qui es-tu au juste mon garçon pour en savoir autant sur mon orphelinat ? »

- « Vous n'aviez pas encore dévié… Bon et bien rien à y faire : C'est moi Falawk. »

- « Ce n'est pas vrai ! Tu reviens après deux ans en cavale c'est ça ? Et pourquoi ces gens voulaient-ils te trouver ? Qu'est-ce que tu es parti faire encore ? » S'exclama-t-elle

-   « Entrons donc à la salle commune et je vous explique tout ça en détail. »

J'ai bien l'impression qu'elle n'attendait que ça, elle nous ouvre la porte et une fois entrer à l'intérieur c'est évidant que je ne me trompais pas à l'égard de ce bâtiment : il fait peur.

Une fois dans la salle commune, du moins je crois que c'est ainsi qu'ils appellent cette espèce de pièce délabrée à l'odeur presque putride, Falawk lui raconte ce qu'il a fait. Cette fois je sens une forte accentuation sur les traitements inhumains et beaucoup de vantardise quand il lui raconte son escapade. Elle ne fait que hocher la tête et dès qu'il a fini lui rétorque simplement qu'il a bien mérité de souffrir. Sans se défaire face à cette remarque mauvaise, il lui réclame l'accès à ses anciennes possessions. Il reçoit pour seule réponse : « tu n'avais rien ». À ces mots je vois un éclat de malice sur le visage de la femme, et lui dit qu'elle ment. Falawk se lève, la regarde et marche brutalement vers l'escalier au fond de la salle. « Et le coffre que tu n'as jamais su ouvrir ? Vieille chouette sénile, tu l'as déjà oublié ? » Cette attaque verbale énerve suffisamment la dame qu'elle se lève et le suis d'un pas vif en l'injurient violemment. J'ose les suivre et me retrouve très vite suivi de maman et d'une foule d'autres pensionnaires. Arrivé au deuxième étage j'entends très vite des injures encore plus puissantes de la part de la vielle femme, et je vois Falawk devant une porte ornée d'un grand 43 qui lui réclame quelque chose : surement la clé de la porte. Elle lui refuse et là commence la débandade : il donne un énorme coup de pied dans la porte et l'envoi valdinguer dans la pièce. C'est à ce moment que la foule de pensionnaires s'acharne vers la pièce, les plus petits devant les grands derrières. Ils sont tous à la recherche du bonheur perdu. C'en est si fou que même la matrone n'arrive pas à crier plus fort que la foule de jeunes gens assoiffés par la découverte qui s'offre à eux. Parmi eux je vois Falawk qui ressort de la pièce avec un étrange coffre en métal et en bois dans les mains. Je dis étrange, car je n'y reconnais aucune ouverture ni aucun emplacement pour un cadenas ou autre moyen de fermeture : alors pourquoi est-ce que la femme n'a pas réussi à l'ouvrir ? À son approche, Falawk semble perplexe à l'état de la boite, elle est pleine de marques de coupure et d'autres signes de forçage. Je ne devrai peut-être pas dire qu'il a l'air perplexe, c'est plutôt de l'ironie. « Elle est idiote cette vielle pie, cette boite ne s'ouvre pas », dit-il quand il arrive à côté de moi. Je le regarde d'un air inquisiteur ; « Bien oui, regarde, il faut la plier et changer sa forme avant. » Je n'y comprends absolument rien puis il le fait, il plie la boite, la retourne et comme une sorte de casse-tête, la tortille. Au bout de deux ou trois mouvements, j'entends un petit « clic » et voilà qu'elle s'ouvre. En réalité c'est une énorme boite qui en contient une plus petite en son cœur. Une fois que Falawk l'a ouvert, il en sort la petite boite et referme la grande, la pause par terre, puis redescend. Je le suis et c'est seulement une fois arrivé en bas que je comprends pourquoi il s'est éloigné…

- « Elle n'aurait jamais pu l'ouvre cette boite, moi-même je ne sais pas comment j'ai fait, mais ça m'est juste "venu" comme ça. » Nous explique-t-il ?
- « Mais qu'est-ce que tu vas trouver dans cette boite là, tu sais l'ouvrir aussi ?
- Je crois que je dois juste l'ouvrir, comme ceci », dit-il en ouvrant le coffre.

Dès qu'il l'a ouvert, je comprends bien mieux la raison pourquoi la matrone essayait de l'ouvrir. Je n'ai même pas le temps de dire quoique ce soit que voilà la bonne femme qui arrive en courant et en vociférant après Falawk. Sa réaction est des plus inattendue, il prend dans la boite une petite liasse de billets et le jette au nez de la femme. « Tu ne mérites pas plus que ton salaire, mais voilà de quoi rembourser la porte », dit-il. Puis sans crier gare il me prend la main et m'attire dehors avec maman qui nous suis. Nous reprenons la route et cela sans dire mot, mais dès que l'orphelinat est hors de vue maman lui demande ce que contient la boite. Sans se démettre il demande d'une voix douce s'il serait possible d'en parler à la maison, et surtout que lui-même ne sait pas exactement.

Une lettre, une adresse, un nom et beaucoup de vert

Une fois arrivée à la maison, un café et deux chocolats bien chauds sur la table, la boite y est posée. Le jeune homme ne sait pas ce qu'elle contient réellement, il n'a aucune idée mise à part les liasses du dessus. S'assoyant autour de la table, il ôte le couvercle et, sous les yeux ébahis d'Arya et de sa mère, il en sort une dizaine de liasses de billets verts. Ce sont à l'évidence une sorte d'héritage à lui, mais il n'en savait rien jusqu'à là. Voyant une sorte de double fond de la même matière que la boite, il le retire et c'est là que beaucoup de choses changent. En dessous se trouve un passeport, à l'évidence britannique, une enveloppe et un vieux post-it jaune. Il sort le passeport, l'ouvre et s'y voit bien plus jeune — le passeport est périmé. D'un simple regard, Arya comprend qu'il voudra le renouveler. Il regarde le post-it, seule une adresse, manuscrite, s'y trouve. Le mettant de côté, il s'empare de la lettre et le lit à voix haute.

« Bonjour Falawk,

Si la personne qui lit cette lettre n'est pas Falawk, inutile de poursuivre vous ne comprendrez pas la suite.

N'ya strafon ladite-mey. Kura nasas lé en vitre, un toué serina lac noir.

Veirit l'am nar hardez

Vicorin toué. »

Il comprend sans savoir comment, mais il comprend tout de même. Pour Arya et sa mère, il traduit :

- « C'est écrit : bonjour mon fils. Je suis en vie, et ta sœur aussi. Viens à l'adresse jointe. Ton père. »
- « Mais c'est incroyable, je croyais que tu les as vus… » Arya n'arrive pas à finir sa phrase, elle vient de voir les yeux de Falawk, totalement dilatés et baignant de larmes.
- « Je les croyais morts oui, mais comme je vous l'avais dit je ne me souviens de rien de l'accident ; je sais juste qu'il a eu lieu, car on me l'a dit à l'orphelinat quand j'ai demandé. » Dit il entre deux sanglots discrets.
- « Je ne veux pas pousser, mais pourquoi te laisser pourrir dans un orphelinat s'ils sont encore en vie ? Je veux dire, c'est quand bien même plutôt louche cette histoire. Et quelle est donc cette étrange langue ? » demande Delphine la mère d'Arya.
- « Je n'en ai aucune idée, je ne l'avais pas vu avant aujourd'hui, j'ai juste eu la capacité de la lire et de la comprendre qui m'est venue. Cela doit dater d'avant ma perte de mémoire. Peut-être est-ce du gaélique. » Dis Falawk.

- « Non, pas du gaélique, ce ne sont pas les bonnes sonorités ; je ne sais pas, mais je crois que cette langue vous est toute particulière. C'est comme si vous aviez votre propre moyen de communication. Sinon, où se trouve cette adresse ? » Demande Delphine

- « C'est en Écosse, je crois, il me faudra regarder. De plus, il va falloir que je regarde comment je peux faire pour voyager. J'ai les finances pour en ce moment donc il me suffit d'avoir les papiers. »

- « Tu veux partir au plus vite, j'imagine, il faudra regarder quelle procédure nous devons suivre pour renouveler ton passeport. Fais-moi voir. » Dit-elle en tendant la main vers le passeport rouge bordeaux ?

Falawk lui passe et en même temps lui tend une des liasses de billets. Il doit bien y avoir 1000 euros dedans. « C'est pour m'avoir logé et aidé autant que vous l'aviez fait. » Dit-il.

Elle semble vouloir le refuser, mais sous son regard insistant elle finit par accepter, après tout il lui en reste plus de 10 de ces liasses.

Comme il n'est pas encore trop tard, Falawk et Arya vont à la mairie où il fait sa demande de carte d'identité — disant qu'il a perdu sa carte, ils le retrouvent dans leur système — moyennant une petite somme, il arrive même à demander une livraison rapide. Il fait aussi la demande de passeport et demande les papiers pour une demande de passeport britannique. À cette demande, on ne peut l'aider, mais une des secrétaires lui informe qu'il lui faudra demander à l'ambassade. Prenant leur numéro, Arya et Falawk repartent et vont à la Poste. Falawk y ouvre deux comptes, et en même temps Arya appelle l'ambassade pour lui et elle l'informe que les papiers de demandes arriveront chez elle sous deux jours.

Une fois toute la paperasse finie, ils retournent à la maison pour y trouver une légère décoration festive et un gâteau dans le four. À la demande d'Arya, Delphine dit : « J'ai bien fait de vérifier, Falawk tu as remarqué, au moins, que c'était ton anniversaire aujourd'hui ? » Faisant de grands gestes, venant de son physique discret ce fut assez ludique, elle montrait du doigt le passeport de Falawk encore sur la table. Il l'ouvre et à nouveau reconnait cette espèce de boule de souvenir au fond de lui qu'il n'arrive pas à ouvrir. Il voit avec étonnement que le passeport ne porte que son prénom, le reste étant vide. Il n'avait donc pas de nom de famille ? Mais le plus étonnant était le fait qu'il n'a que 18 ans à cette date et pourtant il avait cru les prendre bien plus tôt. Donc en réalité Arya est un peu plus âgée que lui, c'est presque une blague pense-t-il. Arya quant à elle semble s'en réjouir et lui fait un bisou sur la joue en lui disant « Bon anniversaire louveteau ». Il la regarde avec étonnement, c'est quoi ce nom ? Elle le regarde avec un petit sourire qui semble essayer de lui dire « tout va bien ne te pause pas de questions ». Il la regarde, elle le regarde puis ils se suivent à l'étage. Au début Falawk ne comprend pas pourquoi il la suit, c'est quand elle va dans sa chambre et l'attend devant le miroir qu'il comprend. Il a dû encore changer

; et effectivement ! Plus d'oreilles à similitude humaine, il se demandait depuis le matin pourquoi elle insistait qu'il porte un bonnet, il a des oreilles pointues, sur le haut de la tête et ressemble de près comme de loin à des oreilles de félin ou de loup. Voilà donc la raison du surnom Louveteau, il venait de comprendre quand une forte irritation se fit sentir dans le bas de son dos, il se tortille dans tous les sens, Arya a les yeux en larmes tellement elle rigole en le regardant, Falawk quant à lui, il ne sait pas ce qu'il lui arrive. Une quantité phénoménale de nouvelles sensations l'envahissent, dont une pressante envie de viande, mais surtout comme si pour la première fois de sa vie il pouvait réellement entendre. Son irritation dans le bas du dos s'est arrêtée, il se regarde dans la glace et là, au bout de sa colonne vertébrale, il a une petite pointe de fourrure. Il a une queue, « manquait plus que ça », pensa-t-il. Arya le regarde, sans prévenir elle le prend dans ses bras et lui fait un câlin des plus doux.

- « Ça fait mal tous ces changements ? Ils arrivent tellement vite je ne sais pas comment ton corps fait pour suivre. » Lui dit-elle
- « Non, pas vraiment mal, c'est juste particulièrement irritant surtout que je n'ai aucune idée de ce qui peut encore arriver. Je me dis juste que ma "queue", aussi étrange que ça parait de dire ça, ne va pas rester comme un petit moignon tout minuscule.

- Pour sûr, les queues sont toujours en proportion à la taille de l'animal. Ma question reste : comment est-ce que ton corps fait pour suivre, c'est peut-être pour ça que tu perds tant de masse, ton corps la consomme ?
- Vraiment, tu crois, c'est vrai que ça expliquera ma faim constante, et mon énorme envie de viande par contre je ne la comprends pas…
- Euh… Tu es peut-être plus un loup que tu ne le croyais ? Et aussi ton corps doit avoir besoin de se ressourcer en protéines. Je vais demander à maman ce qu'on peut y faire.
- Si tu le dis, merci surtout de ton aide », dit-il en rougissant.

Ce n'est pas comme si les choses n'étaient pas déjà assez étranges, il fallait aussi que cela continue. Dès la nuit tombée, une fois leur douche prise et qu'ils sont en train de lire chacun de leur côté, Arya et Falawk ne peuvent s'éviter du regard plus longtemps. Depuis le début elle avait un faible pour lui, de façon inexplicable, car elle ne voulait surtout pas se l'avouer. Elle qui n'avait jamais connu l'amour, se retrouve prise d'un coup de foudre. Falawk, lui ne sait pas où se mettre, il a vécu deux ans horribles. Il n'a pas cessé d'essayer d'ignorer les autres. Et c'est maintenant, avec cette fille, que tout serait chamboulé ? Il ne voulait pas y croire. Il ne la connait pas encore, cela ne fait que quelques jours qu'il est chez elle…

Ne sachant pas qui ferait le premier pas, les deux se regardaient et furtivement essaient de pousser l'autre à parler. Sans doute, ça aura été le meilleur moyen de sortir de ce dilemme, mais ce ne fut pas ainsi. D'un seul pas des deux adolescents, ils étaient l'un dans les bras de l'autre. Ce ne fut pas sans émotion qu'ils partagèrent un heureux câlin, se serrant l'un contre l'autre comme si leur vie en dépendait. Et d'une voix presque inaudible : Arya demande à Falawk « Tu vas devoir partir n'est-ce pas ? ». Il ne sut répondre autrement qu'un hochement de tête malheureux. Elle qui avait son bac à passer après la semaine de révision, devait-il vraiment partir si vite ? Ne pouvait-elle pas le forcer à rester ?

-     « Je reviendrai le plus vite possible. Ou, si ma famille est vraiment en vie, tu pourras venir me voir en Écosse. » Dis le jeune homme, les yeux pleins d'espoir

-     « Mais dois-tu vraiment partir aussi vite ? N'y a-t-il pas moyen que tu restes un peu plus longtemps ? » Réponds Arya, les larmes lui arrivant aux yeux.

-     « Arya, je t'en prie, ne pleure pas, tu es bien plus belle quand tu souris que quand tu pleures. » Dis Falawk en essuyant les larmes de la jeune fille. « Crois-moi, s'il y avait un autre moyen, si ce n'était pas si important, je serais resté. J'aimerais tant apprendre à connaitre, pour la première fois de ma vie, celle dont je suis tombé amoureux. »

Elle ne savait que lui dire, ses yeux s'embrumèrent, son regard se porta sur lui et, fermant les yeux, une larme glissa le long de sa joue. Elle ne le vit donc pas venir, puis du bout de sa langue râpeuse et douce à la fois, Falawk lécha ses larmes. Sa surprise à lui n'en fut pas de moindres quand Arya posa ses lèvres sur les siens. Ce fut un moment si doux et inattendu qu'il ne put qu'en redemander. Malgré tout, ne voulant rien brusquer les deux jeunes gens préfèrent attendre avant de remettre cela. Se regardant dans le blanc des yeux, l'un comme l'autre ne voulant plus jamais regarder ailleurs, ils savaient que la suite serait compliquée. Les voilà, tristes et heureux à la fois d'avoir découvert en quelques jours ce que l'on appelle un « coup de foudre amoureux ».

Le Départ

Arrivé dimanche soir, Falawk est en train d'attendre le ferry pour aller en Angleterre. Seul près de la fenêtre dans le hall d'attente il laisse enfin couler cette larme qu'il retient depuis le soir d'avant. Les « au revoir » avec Arya furent très difficiles, après tout il doit en quelque sorte sa vie à cette jeune fille. Et surtout il lui doit tout ce qui se passe jusqu'à là où il est en ce moment même : le port d'Ouistreham au nord de la ville de Caen. Son ferry part dans une heure, mais dû au fait qu'il voyage avec une carte d'identité il devait être présent plus tôt que s'il avait un passeport. Les délais pour ce dernier étant trop long, il a abandonné le projet d'en faire la demande.

Arya quant à elle est en route pour la maison, après avoir déposé le jeune hybride à la gare maritime elle a repris la route avec sa maman ; le lendemain elle a cours tôt le matin. Malgré le fait que c'est sa dernière semaine avant le bac ses enseignants semblent mordus de leur matière et font tous cours jusqu'au vendredi soir. Elle rentre donc se reposer et ce n'est surement pas une mauvaise idée après les derniers évènements.

Une fois le ferry en mer, Falawk s'offre un repas succulent dans un des restaurants à bord. Les serveurs semblent étonnés de le voir payer en liquide et surtout en euros alors qu'il leur parle avec un anglais parfait. Il ne dort pas comme le font beaucoup sur le bateau; non, il préfère monter le plus haut possible dans le navire, sur le dernier pont accessible aux passagers, et s'y percher. La lune est haute en cette nuit et le clapotis des vagues l'enivre, Falawk ne peut plus tenir, il chante à la lune son amour pour elle. Elle ne l'entend pas, mais au bout de quelques mots déjà des gens l'enregistrent. Sa voie porte sur tout l'arrière du navire et pourtant personne ne le voit. Ils ne cherchent pas à le voir non plus, juste entendre cette voix si emplie de mélancolie.

Arya ne se doute de rien et pourtant elle rêve de lui. Son sommeil la garde au chaud sous sa couette alors que son âme part le rejoindre. Elle ne l'entend pas, mais elle rêve de lui et elle semble presque pouvoir le toucher alors qu'elle ne fait que l'imaginer.

C'est le lendemain matin, arrivée au lycée, Clémentine lui dit vouloir lui montrer quelque chose.

- « Regarde ça Arya. Si tu te rappelles de Incheon style dit toi que cette vidéo est un buzz encore pire. » Dit-elle en tendant un écouteur à son amie ?
- « Mais c'est quoi ? On n'y voit rien à la vidéo. Enfin, rien de plus que la lune. » Demandes Arya.
- « C'est plutôt à écouter ! » Répondit-elle ?

Alors que les deux filles écoutent cette chanson, toute autour du pays et même du monde d'autres en font de même. La musique n'a aucun nom fixe, elle a été mise en ligne par plusieurs personnes avec des qualités et angles de vue différents, mais la voix est la même. Quelqu'un en a fait une version recombinée et a retravaillé la qualité sonore ; on entend toujours les vagues, mais plus rien d'autre que cette voix de cristal. Personne ne sait à qui elle appartient et personne n'a vue qui a chanté, la seule information que l'on est dans les paroles de la chanson.

- « C'est arriver quand ? » Demande Arya à son amie d'un air stresser.
- « Euh… Sur un ferry allant en Angleterre hier soir. »
- "..." Arya devient livide
- « Arya, ça va ? Tu es toute blanche. Pourquoi ? » Demande Clem prise de panique
- « C'est lui, et cette chanson est pour moi… », répond-elle un léger sourire en coin et pourtant les yeux embrumés.
- « Attends, tu es en train de me dire que c'est Falawk qui chante ? Mais on ne dira pas du tout sa voix ! C'est impossible ! » S'exclame Clémentine.
- « C'est la voix qu'il a quand il est émotionnel, elle devient plus, comment dire, bestiale… »

Le débat est clos par la sonnerie qui force les deux filles à aller en cours. Arya en reste secouée et a beaucoup de mal à se concentrer. Elle n'a pas compris ce que disait le jeune garçon, mais elle comprit une phrase « Eika an toue ». De sa langue spéciale, c'est la seule phase qu'elle connait. C'est leur équivalent de « Je t'aime ». Et elle a aussi reconnu son prénom

dans la chanson. Mais surtout un autre qui revient souvent :
Vixy.

Arrivée à bon port, Falawk cherche un moyen d'arriver en Écosse et le stop est très vite son ami. Repérant les plaques de voitures écossaises il choisit bien et finit par trouver une personne qui compte faire la route dans la journée. En voiture avec son bienfaiteur, Falawk est plutôt silencieux. C'est uniquement quand la radio diffuse une chanson qu'il connait ô trop bien : il l'avait improvisé et chanté la nuit dernière.

- « Il chantait vraiment bien ce jeune homme, c'est juste dommage qu'on ne puisse lui approprier la chanson. Il n'a pas voulu se montrer. » Dis Aden, le conducteur.
- « Effectivement, c'est étrange qu'il ne se soit pas montré. Pourtant je suis sûr qu'il a une bonne raison. » Répondit le jeune homme en essayant le plus possible de cacher sa voix.
- « C'est étonnant tout de même, je veux dire nous n'étions pas si nombreux sur le ferry hier. Moi, je suis sortie sur le pont dès le début, mais je ne voulais pas enregistrer. Par contre j'ai eu le temps de voir la silhouette du chanteur avant qu'il ne disparaisse. » Dis l'homme tout en regardant Falawk du coin de l'œil.
- Tremblant légèrement le jeune homme ne peut cacher son émotion et sa voix en change : « Ah bon, et il ressemblait à quoi ? »

-       « Je pense que tu le sais plutôt bien non, sauf si tu as phobie des miroirs. » Lui répond le conducteur avec un grand sourire. Clairement, il est repéré.

Le silence dur la seconde de trop pour qu'elle ne soit pas interprétée comme un acquiescement. Effectivement le jeune homme était parfaitement au courant du fait qu'il venait de se faire reconnaitre et pour cela il n'en dit pas plus. Le conducteur quant à lui devait plutôt se concentrer sur le bouchon devant lui. Ainsi les deux, passager et conducteur arrivèrent à Glasgow accompagné de la radio locale. Falawk le remercie et part pour la rare routière…

The Forgotten One

Après deux interminables heures de bus, le voilà enfin arrivé à ce fameux village où il va peut-être trouver sa destinée. Qui sait, après tout on ne lui a pas exactement expliqué, ce qu'il allait y trouver. Le pire n'est pas l'incertitude de ce qu'il va y trouver c'est aussi la réaction des gens quand il leur demande où se situe l'endroit en question : c'est comme s'ils avaient entendu une terrifiante histoire de fantôme. C'est qu'au bout d'une bonne demi-heure qu'une dame âgée l'informe de la localisation de l'endroit qu'il cherche. Lancer à nouveau sur son chemin il repart et poursuit sa route le menant on ne sait où.

C'est en arrivant devant les grilles portant le numéro 22 qu'il comprend le scepticisme des villageois quant à la demande qu'il leur a faite. La seule chose visible est une raille métallique au sol s'élançant à travers une forêt dont on ne peut que douter de la taille. De plus, bien en évidence, se trouve un grand panneau jaune délavé avec un symbole très compréhensible : une tête de mort. C'est tout sauf rassurent, et les fils électriques bien en évidence au-dessus de la grille et de tout le grillage d'enceinte ne sont pas en reste pour renforcer ce sentiment de peur qui grandit en Falawk. C'est quand il voit le petit poteau un peu en retrait, sur la droite, qu'il se décide à tenter le tout pour le tout. Il s'en approche et y remarque très bien un petit interphone. Il appelle et une voix numérique lui répond :

- « Good day, how can we help you? Demande la voix.
- I'm following a note to this address, my name is Falawk. Répondit, incertain le jeune homme.
- Would you please press your thumb to the reader at the top of this interphone? » Il le fait malgré sa remise en question de cette technique : pourquoi auraient-ils ses biométries ? Pourtant : « Merci, bienvenue chez vous maitre Mirow rogue » est la seule phrase à sortir du boitier.

Il n'a pas temps de réagir que la grille s'ouvre devant lui, une masse noire filant à toute vitesse vers lui. Il n'a qu'une envie : fuir, et pourtant il se ravise quand il voit que c'est une sorte de véhicule allant sur les rails. Dès son approche, il comprend que ce n'est pas un véhicule normal, il n'y a pas de chauffeur, pas de conducteur, juste un fauteuil et cela dans une sorte de boule vitrée. À l'arrêt devant les grilles à présent totalement ouvertes, par on ne sait quel miracle, le dôme vitré se lève admettant ainsi l'accès au fauteuil. Falawk s'y installe et en quelques seconds voilà que le bolide s'élance sur son rail à une vitesse vertigineuse.

Après une folle course d'à peine plus d'une minute, la « voiture » s'arrête devant une demeure de taille surprenante et s'ouvre à nouveau. Falawk en sort et, se retrouvant devant une porte d'entrée, il approche. La porte s'ouvre sans le moindre bruit et il se trouve cette fois dans un hall des plus somptueux et le jeune homme y attend se disant que quelqu'un allait venir.

Après deux minutes sans un seul bruit, Falawk demande d'une voix plutôt forte s'il y a quelqu'un. Restant sans réponse pendant quelque temps il s'apprête à recommencer quand il entend des pas très rapides dans les escaliers à droite, il se tourne pour voir une jeune fille les cheveux volant derrière elle qui s'approche de lui avec une sorte d'énergie du désespoir. Elle court si vite que Falawk a peur qu'elle ne tombe dans les escaliers. Pourtant pas une fois elle ne perd l'équilibre et elle atterrit de son dernier saut avec une belle réception en bas. Dès qu'elle est au sol, elle dit la chose la plus impossible aux oreilles de Falawk : « GRAND FRÈRE !!! » Même avec la lettre il n'y avait pas cru, sa sœur, sa vraie petite sœur… Et juste derrière son père !

Il réceptionne tant bien que mal sa sœur qui lui saute dans les bras, elle ne pèse heureusement pas beaucoup. Il est tout de suite étonné de voir qu'elle pèse en réalité trop peu, bien trop peu. Il se dit immédiatement que quelque chose ne va pas et pourtant il n'a nulle envie de la relâcher. Son père par contre, malgré qu'il ait un peu vieilli, ne semble pas avoir changé. Étonnant comment il semble se souvenir du visage de son père malgré les années d'amnésie. L'homme remarque bien que Falawk est un peu dans l'embarras et qu'il est perplexe quant à l'existence de sa sœur.

-   « Bienvenue à la maison Mirow, où est-ce que tu préfères Falawk ? demande le maitre des lieux.

- Euh… Falawk, je ne me suis jamais fait appeler autrement. Mais comment se fait-il que vous soyez tous en vie ? Et maman ?
- Désolé, mais ta maman n'a vraiment pas survécu. Quant à nous deux, et bien c'est compliqué. Allons dans le salon ? Et Wolfine tu veux bien lâcher ton frère trente secondes…
- Mais papa, je croyais que je ne le verrais jamais en vrai. Ce n'est pas juste en plus, il a bien plus muté que moi… Marmonne la jeune fille.
- Attends, tu viens de dire quoi ? Falawk, tu as muté, tu as fait quoi mon garçon ? » Avant qu'il ne réponde, ils partent tous les trois vers le salon et une fois installée Falawk reprend la parole.
- « Je me suis inscrit à un programme scientifique appelé Cross-Gen, mais au bout de deux ans je m'en suis enfui. Ils nous traitaient comme des animaux, et finalement ça n'avait pas servi jusqu'à ce que je me sois enfui de leur centre.
- Oui, je me doutais bien, je ne pouvais plus du tout te tracer pendant ces deux ans… Et alors le résultat fut comment ?
- Comment te dire ça, c'est étrange, je n'ai pas du tout eu ce que je leur avais demandé : j'ai on ne sais trop quoi dans le corps, mais une chose est sûr je n'ai pas encore fini de muter.

- Papa, est-ce que tu peux raconter l'histoire pour grand frère s'il te plait ? » demande Wolfine ?

À cette demande l'homme acquiesce et au grand soulagement de Falawk ne poursuit pas l'interrogatoire sur les mutations subites. Il raconte en une longue tirade tout ce qui suit :

Ils ont bel et bien eu un accident de voiture, mais ce ne fut nullement accidentel, on leur avait volontairement foncé dedans avec un véhicule blindé. Le père de Falawk étant, avant cette date, un généticien de renommée mondiale, il s'était fait beaucoup d'ennemis en testant les mutations humaines. Sous le regard étonné de Falawk, il dut ajouter le fait que c'est seulement sur lui et sa femme, la mère de Falawk et Wolfine, qu'il les avait faits. Elle était aussi généticienne, mais spécialisé dans les animaux alors que lui c'était l'humain. Les deux étaient très intéressés par les procédés d'hybridations et avaient en eux plus de cinquante différents ADN animaux. En prenant uniquement les allèles intéressants, ils avaient fait en sorte que leur corps ne soit que muté intérieurement et qu'il n'y aurait aucun signe extérieur. Il explique que Wolfine aussi a reçu un traitement semblable, mais uniquement pour lui donner les outils dont elle aurait besoin pour survivre et que la plus par de ses mutations viennent de ses parents.

À la suite de cette explication, il revient vers l'accident. Wolfine n'était pas née, mais l'est sur le lit de mort de leur mère qui est morte suite à une hémorragie durant l'accident. Le père de Falawk a faussé sa mort ainsi que celle de son fils et de sa fille pour faire croire que l'assassinat avait réussi. Les malfaiteurs avaient déjà pu entrer dans leur propriété et avaient volé les catalyseurs et autres éléments nécessaires pour créer les hybrides. C'était donc les fondateurs de Cross-Gen qui avaient perpétré cet acte. Après cela il avait laissé Falawk à des pêcheurs français qui l'ont déposer au port de Cherbourg-Octeville avec pour seul bagage son étrange boite. Et le reste de l'histoire vous la connaissez.

Falawk demande aussi pourquoi lui ne se souvenait de rien de tout cela, et la réponse fut simple : amnésie médicale. Son père lui a fait oublier tout ce qui avait eu lieu avant l'accident grâce une fois de plus à une technique médicale totalement inédite. En utilisant des électrochimiques très précis il est possible de supprimer certaines connexions neuronales ce qui cause une amnésie partielle ou totale. Falawk ne pourra donc que reforger ses souvenirs grâce à des stimulations bien précises, car en quelque sorte les souvenirs sont toujours là, on en bloque simplement l'accès. Quand son père lui dit ça, il ne sait plus du tout où bien se mettre, ce qu'on lui dit signifie après tout qu'il pourra enfin se souvenir de ses parents et peut-être même de Wolfine sa sœur.

Dès qu'ils ont fini de discuter de toutes ces choses les unes plus mouvantes que les autres, Wolfine attire Falawk à l'étage pour lui parler seul à seul et aussi pour lui montrer son ancienne chambre. La demeure faisant la taille qu'elle fait, ils ne mettent pas moins de 5 minutes pour arriver au deuxième étage et le fond d'un des couloirs qui mène à la suite des enfants. En effet, ils ont une salle de bain à eux deux ainsi que leur propre salon, salle d'étude et un petit dojo, sans compter leurs chambres. Dès qu'ils sont dans le salon, Wolfine ne peut plus se retenir : elle pleure à chaudes larmes.

- « Merci d'être revenu grand frère, tu n'as pas idée de la joie que ça me donne, j'avais tellement peur quand papa ne pouvait plus te tracer. » dit-elle entre deux sanglots
- « Je ne comprends toujours pas cette idée de traçage, mais bon, je suis tout de même heureux de vous savoir vivants. Je crois simplement que je vais encore devoir m'habituer à avoir une petite sœur. » Répond Falawk la tête un peu basse.
- « Tu n'en fais pas, je ne te lâcherai pas et ainsi tu seras vite habitué à moi. » Dit-elle tout sourire.
- « Ça va être compliqué de me tenir vu mes nouvelles capacités, et en plus je mute toujours. Et toi tu as fait comment pour être hybride ?
- C'est papa, il a refait des catalyseurs bien meilleurs, et une fois que c'était totalement au point, il m'a proposé d'essayer et j'ai accepté. Je n'ai pas loin d'une centaine de différentes modifications ADN, mais rien qui soit visible extérieurement. Il m'a dit que pour l'extérieur je devais attendre mes 16 ans de préférence, du coup j'attends.

- C'est vrai que Cross-Gen ne prenait pas plus jeunes que 16 ans eux non plus. C'est surement à cause de tous les bouleversements que cela fait de subir ce genre d'opération. Enfin bref ne parlons pas trop de cela, j'ai envie de connaitre mieux ma petite sœur. Dis-moi tout ce que tu veux et j'en ferai de même.

- Alors. J'ai 14 ans, donc 4 de moins que toi, j'ai un QI qui ne peut ne pas être noté, car trop grand et j'adore tout ce qui est en rapport avec la nature. Ah, j'ai déjà mon bac et je suis en train de finir un double cursus en physique nucléaire et en génétique. J'aimerais bien aider papa dans son travail.

- Waouh !! » dit-il en sifflant. « Je ne savais pas que c'était possible d'avoir un aussi gros QI, c'est à cause de l'hybridation de maman et papa non ? Car moi aussi j'ai passé mon bac tôt, même si j'avais pu le faire plus tôt encore si j'avais eu l'argent.

  En ce qui me concerne, écoute, j'ai tout juste 18 ans, je suis en pleine transformation génétique et je ne sais pas jusqu'où ça ira. J'ai une amnésie totale de toute ma jeunesse et je viens de comprendre que quelque chose ne tourne pas rond. Comment cela se fait-il que nous ayons 4 ans d'écart alors que mon amnésie date de mes 10 ans ? C'est bizarre.

- Papa m'a dit que ton amnésie médicale n'a pu être faite qu'après tes 10 ans donc si tu décides de récupérer tes souvenirs tu te souviendras aussi de moi. Tu avais 10 ans et papa avait besoin que tu voies le monde extérieur, mais c'était trop risqué de faire autrement. Du coup il t'a retiré tous tes souvenirs de nous jusqu'à l'accident pour que tu croies que c'était la dernière chose qui avait eu lieu. » Répondit-elle réminiscence.
- « Dans ce cas bien sûr que je veux mes souvenirs et tous ! Je veux me souvenir de toi et de ces années perdues ! » Il se demande vraiment à quel moment son père a cru que c'était une bonne idée d'avoir agis ainsi, mais, ceci dit, c'est déjà fait donc inutile de tergiverser sur le sujet.
- « Eh bien, viens. »

Ils quittent le salon, traversent la maison jusqu'à un ascenseur qui les emmène 4 étages plus bas, soit deux en sous-sol. Leur père est là, il attendait ce moment depuis longtemps, rendre à son fils ce qu'il avait dû lui voler. Il invite Falawk à s'allonger sur un lit médical, lui met une sorte de pommade rouge sur la tête malgré tous les cheveux du garçon, et ensuite y applique des électrodes. Il n'y en a que 5, mais il dit que c'est suffisant. Tout en s'installant derrière son poste de travail, il rassure Falawk qu'il n'y ait aucune douleur et que ce soit très rapide. Il lui dit aussi que même si l'opération est rapide il faudra plusieurs jours pour les souvenirs se reforment.

Memories of a Broken Heart

En voici un de titre de chapitre qui en dit grand. Il s'y passe beaucoup, mais le chapitre en lui-même vous le détaillera donc allons-y.

Seulement une dizaine de minutes après l'intervention des électrochocs sur le cerveau de notre jeune héros, voilà que sa mémoire commence déjà à lui revenir. Il en parle à sa famille et en très peu de temps il commence à ressentir un vertige très prononcé. Il remonte à la suite qu'il partage avec sa sœur et s'y assoit dans un des canapés. Fermant les yeux, il prend de grandes inspirations et essai de canaliser le flux de souvenirs qui l'assaillissent, mais en vain. Heureusement, cela ne lui fait ni mal de crâne ni nausée, et de ça il est bien heureux. Se souvenir de sa famille pour la première fois en huit ans et vomir juste après n'est pas vraiment la meilleure manière d'exprimer sa joie des retrouvailles.

Très vite il s'assoupit, la tête posée sur le dossier du canapé velours, pour ne se réveiller que quand sa sœur vient le chercher pour aller manger.

Ils descendent tous les deux à la salle à manger et à peine Falawk sent il la nourriture qu'un souvenir lui revient : lui bien plus jeune, surement 7 ans, peut-être moins, qui sent cette même odeur, c'était la spécialité de son père. Imaginez une sorte de miche de pain en guise de base, de presque 50 cm de diamètre, bien ronde, recouverte de toutes sortes de choses et fourrée au fromage et à la viande d'un côté et de confiture de l'autre. C'est le pain repas. Dessus, côté entrée, il y a des olives, des tomates de la salade — ajoutée après cuisson — des herbes de Provence et dedans il y a de la crème épaisse avec du thon en miettes. À côté de l'entrée vient le plat, fourré avec un mélange de bœuf et d'agneau ainsi que des oignons et de l'ail et recouvert avec du formage et de la purée de tomate. Puis viens le dessert, confiture à l'intérieur fruits secs dessus... Imaginez donc et ayez faim !

C'est exactement le cas de Falawk après tout, il se met à table, sur une petite table cette fois-ci. Il n'y a que 3 places autour. Leur père coupe le pain en trois parts et en donne une à chacun, chaque part ayant un morceau des trois parties du repas.

Après une brève prière de remerciement pour le repas ils s'y attaquent tous les trois à pleines dents.

Y voir une famille réunie après une longue séparation est impossible, on dira qu'ils ne se sont jamais quittés, du moins jusqu'à ce que l'on entende leurs conversations, à ce moment-là c'est toute autre chose. Falawk leur raconte toute sa fuite de Cross-Gen sans omettre le fait qu'il compte bien retourner en France pour aller voir Arya au plus vite. Quand Wolfine lui demande s'il aime cette fille, il ne peut dire autre chose qu'un bref « oui » avant de s'empourprer. Son père lui lance deux trois petites piques. Juste après il lui demande d'attendre, part dans une autre pièce et revient avec un portable.

« Tiens, c'est pour toi, j'espère que tu as pris son adresse, car aucun réseau téléphonique n'existe ici. Il te faudra soit sortir de la propriété soit lui faire parvenir un de ces portables. Je les ai modifiés pour passer sur un réseau satellitaire, c'est gratuit si tu appelles d'un portable à l'autre, mais payant pour tout autre numéro.

- « Euh… Merci papa. » Dis timidement Falawk. « Et est qu'il y a un moyen pour que je l'appelle ce soir sans sortir de la propriété ? J'aimerais bien lui dire que je vais bien.
- Oui, avec le VO-IP du moins si elle l'a sinon passe par le satellite ce n'est pas si cher elle ne pourra juste ne pas te rappeler, car c'est une ligne cryptée.
- D'accord, merci, je vais aller l'appeler avant qu'il ne soit trop tard c'est après tout sa période d'examens.
- Oui bien sûr, vas-y.
- Je t'attendrai en haut Mirow, je te fais ton lit. » Ajoute Wolfine.
- « Merci, à tout de suite. » Finit Falawk avant de s'éclipser.

Il s'isole dans le hall d'entrée et appel Arya. Au bout de deux sonneries, elle décroche et quand elle entend sa voix Falawk faillit perdre son ouïe. Elle crie de joie si fort que même dans la pièce d'à côté la famille de Falawk entend. Dès qu'il dit à Arya qu'il peut lui parler, mais n'aimerait pas prendre trop de temps, elle s'inquiète un peu, il lui assure être entre de bonnes mains et raconte ce qui lui est arrivé depuis son départ. À un moment Arya laisse une pause et redis certaines parties du récit à Delphine sa maman. Sans plus de gène qu'il en faut, Arya demande si elle pourra venir le voir et en guise de réponse il lui demande son adresse postale. Une fois en sa possession, il la note et explique l'histoire des communicateurs. Cela fait, ils ont une petite conversation sur les épreuves que doit passer Arya puis ils se souhaitent bonne nuit et coupe la conversation. Non sans avoir murmuré leur manque éprouvé l'un pour l'autre. Falawk s'empresse dès la fin de la conversation de demander à son père pour l'envoi du communicateur. Dès que c'est réglé, il souhaite bonne nuit à son père et monte retrouver sa sœur.

Dans les escaliers, à nouveau, un flash de mémoire lui revient : il se souvient avoir été là des années avant alors qu'il n'arrivait presque pas à tenir la balustrade. Il courrait après une Wolfine toute folle qui riait en s'enfuyant de lui : elle ne voulait pas aller prendre son bain. Wolfine l'attend dans sa chambre, allongée sur le lit avec dans ces bras un peignoir vert feuille. Elle lui sourit et du doigt pointe un petit tas de vêtements sur une des étagères. Elle explique que depuis sa disparition des radars elle cherchait toujours à avoir un change de prêt pour lui au cas où il revenait, et comme elle ignorait sa taille il y en a plusieurs. Falawk la remercie et prend, sur une autre pile, un peignoir bleu nuit à sa taille. Il se dirige ensuite vers la salle de bain attenante aux deux chambres et y entre. Wolfine le suit et ferme la porte derrière elle. À nouveau Falawk à un flash de souvenirs qui lui reviennent : Il se souvient être entré dans cette même salle de bains 10 ans et quelques avants. Il y entrait avec Wolfine et ils riaient ensemble : ils venaient de se livrer à une guerre de polochons et de chatouilles. Falawk et sa sœur étaient en train de se déshabiller pour aller prendre leur bain ensemble quand elle lui demande « Dit frérot, pourrions-nous toujours prendre nos bains tous les deux ? S'il te plait !!! » D'un ton suppliant. Son frère répond à l'affirmatif, mais cela ne suffit pas, elle lui demande de promettre et inscrit la date de la promesse sur le plâtre d'un des murs. Revenu au présent, le jeune homme s'approche de ce même mur, se baisse, et scrute jusqu'à trouver l'écriture de sa petite sœur. Elle remarque tout de suite qu'il se souvient de sa promesse et pour bien montrer qu'elle non plus n'a pas oublié elle le lui dit. « Alors douche ou bain ? Ça ne te dérange pas que je sois avec toi ? Désolé c'est juste que ça me manque tellement toutes nos bêtises d'antan. » Dit-elle en souriant.

Il lui répond que non, mais qu'il souhaite simplement qu'elle ne le regarde pas se déshabiller. Elle se retourne, il se déshabille et entre dans le bain. L'eau qu'il y fait couler est bouillante, mais à cause de la taille de la baignoire c'est à peine suffisant. Se souvenant qu'il y avait une manipulation à faire et le bain lui-même chaufferait il retrouve la commande et l'actionne. Entre-temps sa sœur est entrée dans l'eau et ils sont entourés d'un nuage de vapeur chaude. Wolfine n'en peut plus d'attendre, elle prend la parole :

- « Mirow, est-ce que tu veux bien me montrer tes transformations, je suis si pressé d'avoir les miens. J'ai déjà de l'ADN de loup et de tigre donc je vais surement prendre un pelage et des oreilles. » Dit-elle tout sourire.
- « Ce n'est pas mal comme choix, moi j'avais choisi, mais ce qui est ressorti n'a rien à voir ou presque. Regarde. » Et il s'approche d'elle. Lui pouvait sans soucis voir sa sœur, mais elle, avec la buée ne le voyait pas. Cela doit être un des effets de ses nouveaux yeux.
- « Ohhhh, mais tu as des oreilles de loup toi, et pas que. Écailles autour des yeux, pelage blanc partout où j'ose vérifier et quoi d'autre ?
- Je crois que tu as fait le tour mis à part mes yeux, toujours est-il que pas tous les changements sont visibles. Mes os ont énormément perdu en masse et je peux à présent faire des choses physiquement impossibles aux humains.
- Comme quoi ? Tu peux voler ?
- Non, mais je saute très haut, environs 5 mètres. Je cours aussi vite qu'une voiture et j'ai plus de force que ce qui est humainement possible. Ah et aussi mes sens sont décuplés.
- Ah oui ? Et bien il faudrait voir avec papa quels ADN s'ils t'ont mis, car il y a certains attributs que j'aimerai bien avoir aussi.
- Il peut faire ça, vérifier quel ADN est présent ?

- Bien sûr, c'est après tout lui qui a créé le système permettant de faire des hybrides humains. Heureusement qu'il peut vérifier ce qu'il y met dans la soupe ADN.
- Génial, je serais tellement heureux de savoir tout ce que j'ai en moi. En plus on a aussi les gènes dormants de maman est papa… Ça doit être le fouillis là-dedans.
- On regardera demain d'accord. Je te lave le dos ? »

Sur cette demande leur conversation sérieuse laisse place à une autre beaucoup moins sérieuse cette fois, ils parlent de tous les souvenirs qu'ils ont l'un de l'autre. Wolfine avoue que depuis longtemps elle observait son frère sur le programme traceur de son père. Et le jour où il l'a surprit et lui a bloqué l'accès, elle a appris à pirater des ordinateurs. Elle avait ensuite cloné le logiciel et avec le temps avait même réussi à l'améliorer de sorte qu'il sauvegarde les images de Mirow. Elle en a plusieurs dizaines. Ils en rient tous les deux et rapidement il devient évident que malgré leurs années de séparation une certaine complicité revient se former entre eux. Ce que le sang uni nul ne peut séparer !

Quand Falawk sort du bain, le pelage luisant et l'eau s'évaporant autour de lui, il oublie totalement de se cacher. Wolfine le lui fait très clairement remarquer en lui lance un pic cinglant sur son physique. Non, pas dans ce sens-là, il a une petite croissance de queue après tout en ce moment. Cela lui donne l'apparence d'un lapin d'après sa sœur. À nouveau pris d'un bon rire, les deux jeunes se mettent en pyjamas et partent se coucher. Du moins Falawk part se coucher, de son côté Wolfine programme leur système de surveillance pour fonctionner d'autant plus que d'habitude comme ils ont une nouvelle personne dans la propriété. Mirow s'endort si vite qu'elle l'entend ronfler à peine deux minutes après qu'il soit allé à sa chambre. Elle continue sa tache sur la surveillance et dès qu'elle finit par dormir aussi, avec son frère.

Elle s'allonge de l'autre côté du lit, lui dormant en boule dans un coin elle à tout la place dont elle pourrait avoir besoin surtout vu sa petite taille. Elle ne fait que tout juste 1m60.

Deux semaines plus tard…

Mirow a finalement retrouvé tous ses souvenirs, du moins il n'a pas de nouveau flash, et ça le réjouit beaucoup. Ayant retrouvé une famille qu'il croyait avoir perdue, c'est après deux jours d'euphorie pure qu'il commence à se poser des questions plus sérieuses. La première étant : et maintenant. Lui qui a pris l'habitude d'être toujours sur ses grades ne sait plus du tout ce qu'il doit faire es réellement possible que tout cela lui arrive ? La famille retrouvée ? La famille, et la fille surtout, qui l'ont secouru ? La richesse de son père ? Toutes ces choses lui paraissent bien trop belles. Il guette donc le mal à chaque tournant et son père s'en rend bien compte. Il essaie d'inclure son fils dans sa vie, mais c'est difficile tant il s'était habitué à le surveiller que par un écran. Ils arrivent cependant à une sorte de consensus leur permettant tout de même d'agir en père et fils. C'est au bout de ces deux semaines que les choses se dégradent un peu, Mirow qui cherchait une voie à poursuivre à présent, décide de repartir en France. Il souhaitera aller à l'université et y faire des études diverses. Son père, argumentant qu'ils viennent tout juste de se retrouver, lui demande d'attendre encore un mois ou deux. Il lui propose d'aller chercher Arya et sa mère et de les inviter au moins pour une semaine ou deux. Le jeune homme dit qu'il va y réfléchir, mais en réalité il souhaite surtout avoir un peu de temps pour planifier son voyage.

De retour dans sa chambre, il appelle Arya et lui donne la proposition de son père. Sa réponse et net, elle ne peut répondre il faudrait que les parents se parlent. Pour cela, Mirow retrouve son père au laboratoire et lui demande d'appeler Delphine la maman d'Arya.

Dès que son père parle à Delphine, il est évident que c'est bien plus compliqué que ce que Mirow aurait aimé. Son père aimerait offrir le voyage à Delphine et Arya, mais se le voit refusé dû au cout que cela représente. C'est seulement en clarifiant le fait qu'il reçoit un salaire de ministre avec ses articles et livres, qu'il publie encore, sous pseudonyme, que les choses semblent avancer. Au final, ils arrivent à une sorte de compromis, il laissera Delphine cuisiner et aider à la maison quand elle sera là. Une fois tout le monde satisfait et que tout est organisé, là seulement ils décident de redonner les communicateurs à leurs enfants non sans se saluer.

- « C'est super ! On va venir la semaine prochaine. Je n'y crois pas, maman n'a jamais quitté la France et la voilà qui va embarquer avec moi. » S'exclame Arya.

- « Oui c'est sûr que c'est génial. Tu verras, ici c'est juste incroyable. Vous allez réussir à tout préparer à temps pour venir ? Et vous venez comment ? » Demande Mirow.

- « On va prendre le ferry comme toi tu l'as fait et si j'ai bien compris vous venez nous chercher. Enfin je dis ça, mais je ne sais pas, d'après ce que tu m'avais dit ton père ne pouvait surtout pas sortir de chez lui au risque de se faire repérer.

- C'est ce que je croyais aussi, il doit avoir un moyen de rester discret ou je ne sais pas. Avec toutes ses inventions qui trainent ici on ne peut être sûr de rien.

- Mais je croyais qu'il est généticien, ce n'est pas exactement son domaine à l'occasion si ?

- Non, mais il semblerait qu'il fait bien plus que juste de la génétique ces temps-ci. Je l'ai même aperçu à lire des livres sur l'aviation. Enfin quand on voit le phénomène tout s'explique.

- Oui c'est bien vrai ça, il m'a l'aire d'être plutôt spécial ton père, enfin rien d'insupportable. Et tes mutations tues en sont où ?

- Rien de nouveau, j'ai juste une meilleure endurance qu'avant.

- Ah, dommage, et ton père a pu répertorier ce que tu as en toi ?
- Oui, mais tu as de la chance, il n'avait les résultats que cette nuit, la machine a eu du mal à tout séparer. J'ai en majorité du Loup blanc, puis c'est de moins en moins fort. J'ai du tigre blanc, du lézard, de l'aigle, et des traces d'autres dont certains que je tiens de mes parents.
- Ah oui, pas mal comme mélange. » Dit-elle avec un petit sifflement.

Leur conversation téléphonique continue ainsi pendant un bon moment et en fin de compte, ils ne parlent même pas de leur avenir, c'est-à-dire leurs études. Ils se souhaitent juste après un bon appétit et partent diner.

Une fois à table, le père de Mirow explique très clairement comment ils doivent s'organiser et surtout répète sans cesse qu'il faudra se montrer excessivement discret. Il dit par contre que même avec la discrétion il leur faudra profiter de cette sortie du domaine donc pourquoi ne pas en tirer le plus possible. Pendant qu'il propose des idées Wolfine, deviens toute folle et nul ne peut arrêter son flux de question. Ce n'est qu'une heure après le dessert, une tarte à la pomme et noix de pékan, qu'ils arrivent à se décider. Ils iront les chercher en voiture et passeront une nuit à l'auberge de la frontière au retour. L'auberge de la frontière est dans un tout petit village perdu dans les landes, mais abrite la seule personne extérieure qui connaissait la mère de Falawk : son frère. Lui n'a jamais voulu aller dans les sciences, il a préféré reprendre l'entreprise familiale et devenir tavernier — aubergiste. Il serait ravi de voir son neveu en vie et en forme. Cela fait plus de 10 ans qu'ils ne se sont pas vus après tout et beaucoup change en 10 ans. À l'occasion, il est le seul en dehors des trois résidents du manoir et la famille d'Arya à savoir que Mirow est encore en vie et que sa famille existe aussi.

On repart, mais cette fois ensemble

Bon, ce n'est pas vraiment un bon titre de chapitre, je le concède, mais c'est exactement ce qui décrit le contenu. Un départ, mais il ne se fait pas tout seul cette fois.

Falawk — Mirow repart donc de la demeure familiale, mais cette fois il part avec sa sœur Wolfine et avec toute sa mémoire. On ne peut pas dire que les choses n'évoluent pas dans le bon sens quand ça commence ainsi. Ils n'ont pas beaucoup à faire, mais finalement le simple fait de faire un aller-retour en France leur fait un bien fou. Les plans ont un peu changé pour simplifier les choses et Falawk et Wolfine se rendent d'abord chez Arya avant de revenir avec elle et sa maman.

N'ayant tous deux pas le permis, ils descendent au port-ferry avec leur père. C'est pour Wolfine la première fois qu'elle quitte la maison depuis presque un an, la dernière étant quand elle est allée au centre d'examens pour passer ses examens. Bien évidemment, c'est bien plus marrant quand elle part en voyage pour un autre pays, et en plus avec son frère. Leur père les attendra en Angleterre et il se fait bien nerveux à ce sujet. Ne pouvant pas du tout se montrer en public au risque de se faire repérer, il ne peut même pas sortir de la voiture pour les saluer à leur départ. Heureusement pour lui, il a appris de l'accident quelques années plus tôt et roule à présent dans un véhicule bien plus grand et blindé, un 4x4 modifié par ses soins.

Quand il laisse donc enfin ses enfants quitter son étreinte à l'arrière de la voiture, eux sont presque en retard pour leur bateau. Ils passent donc le poste de sécurité en courant et tout se passe très bien. Falawk est officiellement resté Falawk Iring Rogue, et sa sœur est devenue Wolfine Iring Rogue. C'est impressionnant comment leur père a pu régler les détails administratifs de leur voyage en quelques coups de fil à des contacts haut placés. C'est toujours utile d'avoir un titre même quand on est « mort ». Enfin embarqués sur le bateau ils partent à leur cabine et s'y installent. La chose la plus remarquable est bien le fait qu'ils ne sont que deux dans une cabine à 4 personnes alors que le ferry est rempli à rebord. Que leur père ait même prévu de les laisser seuls et ainsi mieux protégés les étonne au plus haut point. Ils n'avaient pas du tout pensé au risque que pause Falawk dû à son physique hors du commun. Il faut dire qu'il a à présent une queue de presque un mètre de long qu'il balade partout avec lui. Ce n'est pas explicitement discret et du coup même s'il a horreur de le faire, il est obligé de la rentrer dans un des pans de son jean. Voilà bien la raison pour la quel il passe pour une racaille de pacotille avec capuche lui cachant la moitié du visage et un jean épais qui ne lui descend pas trop bas, mais dont les pans sont immenses.

Wolfine fidèle à elle n'a pas pu s'empêcher de recopier l'habillement de son frère, sauf que là où lui est en noir et rouge bordeaux elle est en rose et bleu ciel. Une chose est sûre, quand les deux jeunes gens vont au restaurant à bord pour diner ils ne passent pas inaperçus malgré leurs meilleurs efforts. Heureusement avec l'ouïe hyper développée de Falawk ils savent que les discussions sont plutôt du genre « Devrai apprendre à s'habiller » ou encore « Ne veut pas d'embrouilles avec eux ». Ils en rigolent exprès pour que les gens comprennent qu'ils sont écoutés et surtout entendus. Dès que la fratrie Rogue a fini de manger, ils repartent vers le pont arrière du navire pour y disputer une partie de pingpong des plus acharnée et au bout d'un moment ils sont rejoints par d'autres jeunes. Wolfine a la plus grande difficulté à se sociabiliser avec des gens de son âge, pour elle les autres adolescents de 14 ans sont de vrais nigauds. N'oublions pas qu'elle a déjà son baccalauréat et fait des études supérieures. Falawk quant à lui n'a absolument aucun mal à parler aux gens, du moins c'est ce qu'il essaie de faire croire. Sa sœur, sachant parfaitement où regarder, voit bien qu'il a les oreilles qui frétillent de gène dès qu'une fille l'approche et elle remarque aussi que sa queue remue tant il est gêné.

Finalement, ils finissent tous dans une des salles de jeu à l'étage à faire de la musique et jouer aux cartes. Malgré leur gène initial, les deux Rogues se sentent vites bien et intègrent de mieux en mieux le groupe. Tout ceci cause un petit problème, quoique, petit est un bien beau mot vu la catastrophe. Lors d'une des chansons qu'il apprécie tout particulièrement, Falawk ne peut s'empêcher de chanter et immédiatement il se fait reconnaitre comme le chanteur de la vidéo buzz apparu peu de temps avant. Il a beau clamer haut et fort que ce n'est pas lui rien n'y fait. Il est parfaitement identifié et il ne va pas s'en échapper tout de suite. Wolfine et lui battent donc en retraite et essai diverses tentatives de fuite, mais cela semble impossible. Ce qui les sauve c'est quand un des jeunes remarque leur gêne et calme « l'émeute » en proposant de continuer à faire de la musique pour que tout le monde profite des talents en présence.

Ainsi, pendant une petite heure les adolescents ont droit au « concert » très privé de Falawk, il se fait bien sûr filmer et enregistrer par une personne sur deux, car les autres participent à la musique. Pour tout dire, le rendu est vraiment superbe. Ils s'en félicitent tous et se dispersent pour la nuit. Wolfine et Falawk se retrouvent rapidement parmi les derniers encore dans la salle. Certains sont là, car ils ne veulent simplement pas encore dormir, mais d'autres, des filles comme des garçons approchent les deux rogues avec différentes questions auxquels ils ne reçoivent que peu de réponses.

Enfin de retour dans leurs cabines, Wolfine et son frère n'en peuvent plus et s'endorment comme des masses ayant tout juste eu le temps de verrouiller la porte. Ils ne voient pas la partie agitée de la nuit, la traversée était tranquille quand ils ont quitté le voisinage de l'ile de White et là par contre en pleine mer c'est le tumulte total. Eux deux dorment comme des masses et ne sont réveillés que par l'alarme de 7 h 30 qui leur indique leur prochaine arrivée en port d'Ouistreham. Heureux de l'annonce Falawk attrape son sac et se change à la hâte une fois de plus oubliant le fait qu'il est censé être gêné avec sa sœur là à côté de lui. Il s'en rend compte juste à temps pour enrouler sa queue, qu'il a portant un mal fou à contrôler, autour de lui pour cacher les parties qu'une jeune fille telle que Wolfine ne devrait pas voir. Elle glousse en lui rappelant qu'il se douche et se baigne ensemble tout le temps donc elle s'en moque totalement de son corps, puis elle précise qu'elle adore tout de même son pelage. Il s'empourpre, elle rigole et c'est le début d'une féroce guerre de chatouilles. Après une dizaine de minutes, ils sont fins prêts à sortir et partent manger leur petit-déjeuner alors que le ferry arrive tout juste au voisinage du port. Ils ont le temps de prendre un chocolat chaud et de commander leur petit-déjeuner anglais complet avant d'arriver.

Au port d'Ouistreham, les deux passagers Rogues descendent du bateau et sont salués par d'autres passagers de leur âge. Souvent, par de simples signes de mains, mais ils reçoivent aussi quelques papiers avec des numéros de téléphone ou des noms de comptes pour divers réseaux sociaux. Falawk est bien heureux de ne pas avoir donné son vrai nom quand on le lui a demandé, et Wolfine en avait fait de même ; leur père serait en rage sinon.

Ils sont enfin en France, Falawk est de nouveau un peu sur ses gardes dû à la forte sécurité présente aux portes de débarquement, mais ils passent sans le moindre encombre la douane. Ce n'est rien de bien étonnant que de voir tous les regards braquer sur eux quand Arya saute dans les bras de Falawk. Il a à peine le temps de poser son sac qu'elle est en vol vers lui. Il la rattrape et la sert contre lui ce qui ne fait qu'augmenter le gène ambiant. Wolfine lui donne une petite tape dans le dos pour l'inciter à se pousser du passage. Certaines des filles qui étaient présentes sur le ferry semblent fulminer envers cette fille qui s'approprie très clairement Falawk. Même sa petite sœur est un peu gênée par cette effusion sentimentale inattendue, elle aura deux trois comptes à lui rendre, il ne lui avait pas dit qu'il aime cette Arya à ce point-là. Wolfine salue donc Arya une fois qu'elle est descendue de son perchoir dans les bras de Mirow — oui pour Wolfine, Falawk s'appelle toujours Mirow — et ensuite se présente à Delphine qui attend là depuis le début. Falawk salue Delphine et une fois de plus la remercie d'avoir accepté de l'aider, car il a pu ainsi retrouver et sa mémoire et sa famille. Elle sourit et invite les jeunes à descendre vers la voiture.

Une fois sortie du terminal ils partent, en voiture, vers Caen : Delphine et Arya ont besoin de faire deux ou trois petites courses. Wolfine est toute folle de joie, elle n'est jamais venue en France, n'a jamais été dans une grande surface et n'a jamais fait de courses autrement que via internet. Chez eux en Écosse ils se font tout livrer hebdomadairement cela leur évite le contacte avec l'extérieur trop souvent. Le village les aide aussi, ils sont au courant de la présence humaine dans la demeure et ont même déjà vu Wolfine, mais ne savent pas que ce sont des gens « morts » du point de vue du monde. Ils n'ont jamais cru que cette enfant pourra être l'enfant Rogue et quand Falawk est venu leur demander des directions vers la maison ils ne voulaient pas lui donner, car ils ne savaient pas qui il était. Il faudra leur dire un jour songe Falawk, mais pour l'instant il a bien plus important, il se tourne vers Arya.

- « Alors, dis-moi, comment ça se passe pour l'instant tes vacances ?
- Pas mal du tout, j'ai revu mes meilleurs amis ainsi que d'autres camarades du lycée il y a deux jours de ça. Quand ils ont su que je pars en Écosse pour te voir ils étaient verts de jalousie ! » Réponds la jeune fille souriante.
- « Tu m'étonnes, et alors tu as bien réussi ta compétition du weekend ?
- Oui super, je suis arrivé deuxième, mais ce n'était pas des qualifiantes.
- Tu fais quoi comme sport Arya ? » Demande Wolfine
- « De la Gymnastique rythmique. Et toi tu en fais Wolfine ?
- Oui, je fais du triking, de la natation et de la danse. Mais c'est très difficile d'apprendre en autodidactes le sport et papa est toujours trop occupé pour vraiment en faire avec moi.
- Ne me dis pas que vous avez une piscine aussi chez vous, il doit y faire super froid non ?

- Non, dit Falawk, il y fait très bon, elle est à l'intérieur. Il faut croire que quand mes grands-parents ont laissé la maison et le titre à mon père ils ne lui ont pas laissé une petite maison, mais un véritable manoir. Mes parents n'ont fait que l'aménager à leur façon et l'ont beaucoup modernisé.
- Mais c'est énorme ! » s'exclame-t-elle. « Tu pourras peut-être nager un peu maman ?
- Je ne suis pas trop certaine de ça, tu sais le médecin m'a conseillé de pas trop forcer. » Réponds Delphine.
- « Vous avez quoi madame, si ce n'est pas trop indiscret ? » Demande Wolfine
- « Oh rien de bien méchant juste un rhumatisme dans le dos et un peu de difficultés articulaires aux genoux.
- Hum, dit de cette façon on pourrait bien dire que c'est méchant tout de même. Il faudrait demander à papa si lui n'a pas de moyens d'aider contre ça. »

Ils arrivent au magasin ce qui met fin à la discussion sérieuse. Une chose est claire, les jeunes ont bien compris qu'un peu d'aide ne serait pas de refus. Sans même s'en rendre compte, Falawk soulève des choses à une main là où il aura presque fallu deux personnes. C'est avec une petite réprimande de sa sœur qu'il fait un brin plus attention à ses démonstrations involontaires de force. Leur petit groupe assez hétérogène : une dame de second âge belle et bien habillée, une jeune portant une magnifique robe bordeaux et deux jeunes encapuchonnés et habillés comme si plus gros est le jean, plus grand est la classe.

Quand ils sont de nouveau dans la voiture, cette fois en direction d'un restaurant asiatique en périphérie de la ville, Falawk, retire sa capuche et montre ses oreilles à Arya et Delphine. Gris clairs virant au blanc comme le reste de son pelage le fait à présent, ils sont bien visibles parmi ses cheveux à présent couleur jet. Arya les trouve adorables dû à la petite pointe noire qu'il y a tout au bout et leur forme lupine. Elle en est même à vouloir l'appeler par son « vrai » prénom, car « C'est plus descriptif de la réalité » tout ça à cause du fait que Mirow sonne comme Miow soit le miaulement d'un chat. Il la laisse faire et Delphine rigole quand sa fille dit Mirow avec une sorte de long miaulement. Quelque chose comme : « Miiiiiiiirrrrraaaooouuuuuwwww » et Arya le répète juste assez pour que Falawk soit gêné.

Au restaurant asiatique, un buffet à volonté, Wolfine épate tout le monde avec la quantité de nourriture qu'elle est capable d'absorber. Elle essaie chaque plat différant au moins deux fois « Une fois pour gouter, la deuxième pour manger », se justifie-t-elle. Bon il faut dire que Falawk n'est pas en reste, il mange pour quatre aussi. Arya et sa maman sont bien plus retenues et mangent à peu près de tout, mais en petite quantité. Leur ferry de retour étant à 14 h ils ne tardent pas trop non plus, c'est juste au moment de l'addition que les choses se compliquent, Delphine veut payer, mais Falawk et Wolfine demandent de le faire à sa place. C'est Delphine qui gagne finalement le débat, car elle argumente comme quoi les Rogues ont déjà payé pour la traversée et bien d'autres choses aussi. Une fois l'addition ainsi payée, ils reprennent la route remontent au port-ferry et s'y gare dans le parking qui autorise à rester longtemps. Falawk commence à sortir les bagages des quatre personnes de la voiture et Delphine l'aide. C'est là, en soulevant la valise d'Arya pour le sortir de la voiture, que Delphine se rend un peu trop vivement compte de son problème de dos : il lui arrache un petit cri de douleur et elle lâche la valise. Falawk finit de décharger pendant qu'Arya s'occupe de sa maman. La plus rigolote par contre reste Wolfine, elle est si excitée de reprendre le bateau — oui même si elle était dessus à peine quelques heures avant — qu'elle sautille d'un pied à l'autre tout le temps. Une fois tous les bagages chargés sur le caddie ils partent à la salle d'attente d'embarquement.

Peu de temps après leur arrivée dans le terminal, le bateau est annoncé et ils peuvent embarquer dans les minutes qui suivent. C'est le bateau rapide et la mer est calme ainsi la traversée est prévue rapide et sans problèmes. N'ayant pas pris de cabine cette fois, il fait jour donc c'est inutile, ils vont s'installer dans un des salons en attendant le départ. Wolfine appelle son père et lui fait un « rapport » puis lui dit qu'ils partent bientôt de France.

Le départ se faisant normalement et en douceur, ils ne sont en chemin pour Portsmouth à 14 h 1 et pas une minute de plus.

Oncle et bien plus encore

Après les présentations entre Delphine et papa, je lui présente aussi bien sûr Arya et il me regarde un sourire en coin du genre « Tu l'aimes non ? ». Moi éternellement gêné, je change de sujet au plus vite pour éviter de dire quelque chose que je pourrai regretter. Wolfine, fidèle à elle, est toujours aussi adorable : elle saute au cou de papa et lui fait un énorme câlin. Une fois en voiture et installé prêt au départ, nous partons vers le nord. Delphine a d'abord peur étant donné que pour elle la place de gauche est la place conductrice. De fait elle a l'impression de conduire sans pour autant avoir les commandes. Elle discute avec papa devant alors que nous autres derrière nous livrons à diverses parties de cartes. On a beau être attachés, avec une voiture comme la nôtre c'est largement possible de jouer tranquillement. Une fois que Wolfine nous a battus près de 20 fois au « Président », nous décidons de changer de jeu. C'est sous la forme d'un jeu de devinettes autour du monde des hybrides plus précisément une devinette de ce que j'ai comme ADN en moi et après Wolfine. Une fois de plus, papa nous éclaire dans les deux cas, car moi-même je ne sais pas tout ce qui est dans mon génome. La liste est longue, mais nous devinons pourtant bien les premiers : Loup blanc, Tigre blanc, Lézard, Aigle et bien d'autres. Moi qui croyais avoir plus de félin ; il pariait que je n'en ai pas tant que ça. Wolfine, elle n'a que certains traits, mais la plupart viennent des Loups et d'autres des Dauphins. Arya semble un peu perplexe à la liste des ADN qui sont en moi, et quand je lui demande pourquoi elle argumente avec force.

- « Comment peux-tu avoir une véritable identité si ton ADN est si étrange ? » Demande Arya.
- « Je suis toujours le même en esprit du moins.
- Oui, mais tu ne peux plus t'appeler "Humain" tel quel. C'est étrange.
- Si, il le peut, c'est simplement un Hybride. » Dis mon père.
- « Mais en société ce ne sera jamais pareil ! » s'exclame Arya en réponse.
- « Pour l'instant je me cache c'est vrai, mais rien ne me dit que je suis le seul sur qui la transgénèse a fonctionné. Il y aura peut-être bien d'autres qui réussiront à fuir Cross-Gen.
- J'en doute, ils ont surement une idée derrière la tête pour vouloir créer des Hybrides comme ça. Peut-être même es un contrat militaire on ne sait jamais. »

Cela remet en route la machine de débat et des théories de conspirations ce qui fait que le reste de notre voyage est vraiment animé. Pourtant nous arrivons dans un calme absolu sous-ordre de papa. Il explique que c'est dû à la présence d'autres personnes que nous à l'auberge, ce qui n'était pas prévu. Nous sortons de la voiture et direction l'auberge à pas de loup (non ce n'est pas un jeu de mot avec mon hybridation même si je suis le plus discret de nous tous). Une fois arrivé devant, la porte le stress, de mon père se fait plus sentir que jamais, il a peur de ces étrangers qui n'aurais pas dû être là. Avec mon ouïe surdéveloppée, j'écoute pour savoir ce qui se trouve derrière la porte et j'entends seulement deux petits rires et une personne évoquant la surprise. Je ne comprends pas et pour ne pas aggraver l'état de mon père je me mets devant lui et ouvre la porte.

Dès cet instant, c'est évident qu'on nous attendait ici. Dès que je mets un pied dans la salle des lumières rouges et vertes m'éblouissent, étant pointées sur moi. Des explosions tout autour de moi me disent que je devrai fuir, mais qu'il est bien trop tard. Mon père est entré à la volée derrière moi et il fut suivi du reste de notre groupe. Et nous voilà accueillies par des explosions de pétards, des confettis et une boule à facette au plafond. Je n'y comprends rien jusqu'à ce que des bras s'enroulent autour de moi :

- « Ça fait du bien de te revoir parmi le monde des vivants petits-neveux ! » s'exclame l'homme qui me tient.
- « Mais lâche-le donc Gideon tu vas l'étouffer. Salut cousin, comment va ? » Dis une fille juste à côté de moi.
- « Mais c'est quoi ce bazar Gideon, tu m'avais dit qu'on serait seulement la famille ? Tu sais très bien que personne ne doit savoir qu'on est là et même qu'on est vivant. » Dis papa.

-   « Mais c'est de la famille, j'ai à peine eu à dire que Mirow et Wolfine allaient passer une nuit ici que tous leurs cousins ont répondu présents. Et bien sûr tu te doutes que les tiens étaient ravis aussi. » Réponds mon oncle.

-   « Je vois ça effectivement. Bon on reste à l'entrée dans cette auberge où on a le droit de s'installer ?

-   Suivez-moi avec vos sacs je vous montre les chambres, Mirow, Wolfine et Arya ensemble ça va ?

-   Oui bien sûr. » Dis-je avant que nous ne suivions mon oncle. »

Je dois avouer ne pas reconnaitre la plupart des gens présents dans la salle de réception, mais au final personne ne se soucie de savoir qui est qui, car toutes les conversations se superposent même si beaucoup tournent autour de mon hybridation. Les questions fusent et au bout d'un moment je suis même obligé d'aller me changer pour mettre un de mes sarouals et ainsi laisser passer ma queue. Quand Arya la voit pour la première fois entièrement elle recommence avec son « Miiiiirrrooooowwww » en forme de miaulement ce qui fait rire toute l'assemblée. Il faut dire que voir un jeune homme avec une queue de presque un mètre de long, tout touffu, blanche avec seulement quelques traits noirs en parcimonie, et bien ce n'est pas fréquent comme vue. Et le pire c'est que comme je suis gêné je frétille des oreilles ce qui apparemment me rend très mignon d'après une de mes cousines. Ma plus jeune cousine demande si elle peut toucher ma queue et étant donné que je ne suis pas habitué à tous ces nerfs en plus cela me chatouille plus que de raison.

Les questions continuent à fuser jusqu'à la plus étonnante, mon oncle Gideon demande à Arya si elle voudra devenir hybride aussi.

- « Je n'en ai encore aucune idée. » Répond-elle à son interrogation ?
- « Mais ce serait trop mignon, imaginer vos enfants. Des vrais demi-loups. Ce sera A-D-O-R-A-B-L-E ! » Dis une cousine.
- « Euh… Du calme, Élise, ils n'y sont pas encore à ça. Mais effectivement Arya serait mignonne avec les mêmes oreilles que frérot. » Dis Wolfine.
- « Je ne sais pas du tout si je veux me lancer dans un procédé aussi complexe que celui de l'hybridation, je veux dire ça change tout d'une personne. On n'est plus du tout le même après de tels changements faits à notre corps. » Réponds Arya.
- « Tu sais je n'ai pas l'impression d'être si différant que ça, c'est surtout mon physique qui a changé. Mais de toute façon l'hybridation physique ne fonctionne pas vraiment si bien que ça : de tous ceux qui sont entrés à Cross-Gen en même temps que moi, très peu sont restés et encore moins ont passé la première Catalyse.

- Mais en même temps c'est normal ils n'avaient pas les bons produits, ce qu'ils m'ont volé n'était que des échantillons et des essais. Dans certains cas c'est comme vous injecter de la sauce soja tellement c'est inutile. » Dis papa.

- Et tu as fini de les améliorer tes catalyseurs ? » Demande un des cousins de mon père.

- « Oui parfaitement même s'il semblerait qu'il me manque un petit quelque chose pour que ça puisse fonctionner à tous les coups. Plus précisément quelque chose que mon fils semble avoir naturellement, mais de là à définir ce que c'est, en voilà un de mystère ! »

Cette discussion continue comme ça durant presque tout le diner. Nous mangeons comme des rois, mon oncle étant très bon cuisinier. Arya semble difficilement convaincue par l'idée de devenir hybride même si moi j'étais ravie qu'elle soit comme moi. Delphine ayant un peu de mal à parler en Anglais se retrouve rapidement avec quelques-uns des cousins qui parlent français et elle en est bien heureuse. Arya et moi débattons sur les animaux dont le génome est le plus intéressant pour des hybrides jusqu'au dessert et là le silence s'installe. On est tous tellement absorbés par notre bol de ce dessert innommable que personne ne remarque la sonnette pendant quelques secondes. Je me lève et va pour ouvrir, mais mon oncle me devance en annonçant à tout le monde qu'un invité surprise arrive. Mon père reprend son stresse là où il l'avait laissé, c'est-à-dire bien présent et fort. Quand l'invité en question entre dans la salle, je ne le reconnais pas au début, mais ça me revient très vite : c'est un des cousins de maman. La raison pour laquelle il est « l'invité -surprise » vient du fait qu'il est militaire et n'a jamais le temps de venir aux réunions de famille. Quand il me voit, je remarque tout de suite son interrogation, il se demande si je suis vraiment le fils de sa cousine, si je suis bien celui pour qui il avait faussé la déclaration de décès. Quand il voit mon père, il lui sourit et je comprends qu'il y avait en fait bien plus de gens au courant du fait que nous sommes en vie que ce que j'ai pu croire.

Après le dessert et le café, nous débarrassons la table puis sortent les jeux de société et les cartes. Avec Wolfine, Arya et quelques cousins, nous disputons une folle partie du célèbre jeu immobilier. Nous partons donc nous coucher que dans les premières heures de la matinée alors que la moitié des invités sont repartis et que Wolfine règne sur tout le plateau de jeux. N'ayant pas le luxe de faire une trop longue grasse matinée nous ne prenons que tout juste le temps de nous brosser les dents avant de dormir.

Quand je m'installe dans le grand lit double avec ma sœur et Arya, je reçois un oreiller en plein dans le nez. Je rapplique sans plus attendre, Wolfine se prend l'oreiller alors que je chatouille Arya avec mon autre main. Et ainsi nous jouons encore jusqu'à ce que Delphine entre dans la chambre et nous demande de nous calmer, car elle veut dormir. On s'excuse, se souhaite bonne nuit puis nous nous installons à nouveau dans le lit. J'ai Arya contre moi, dans mes bras et Wolfine dos à dos avec moi qui m'appelle « radiateur à fourrure ».

Environ huit heures plus tard, nous nous réveillons dans un emmêlement de couvertures et de nous, j'ai la jambe coincée sous celle de ma sœur alors qu'elle tient le bras d'Arya par-dessus moi. Je la réveille, elle me sourit et lâche Arya. Celle-ci se réveil aussi et se tournant vers moi me dépose un léger bisou sur la joue puis à Wolfine et nous dis bonjour avec une voix à moitié enrouée. Nous descendons à la salle à manger pour y retrouver seulement papa et Delphine.

- « Gideon est parti chercher du pain il sera bientôt rentré et les autres sont presque tous reparties, ils travaillent pour la plupart. » Me dit papa après nous avoir salués.
- « Ah dommage qu'on n'a pas eu la possibilité de leur dire au revoir. Ce sera bien de se revoir davantage, maintenant qu'ils savent qu'on est en vie.
- On pourrait voir ça effectivement, mais pour l'instant on doit remonter à la maison, j'ai deux jours de retard pour une publication.
- Comme toujours papa est occupé. » Dis Wolfine d'un ton las.

- « Mais non, mais non, c'est juste très important. C'est une publication sur la quel je travaille depuis près de deux ans. Il faut dire que quand je vais l'avoir publié beaucoup se demanderont bien si Dr Rogue n'est pas revenu de parmi les morts.
- Mais tu es Dr Rogue non ? » demande Delphine.
- « Oui, mais avec ma "mort", je suis obligé de publier sous un pseudonyme au risque de me faire détecter sinon nous aurions surement à nouveau des problèmes.
- Hum. Je comprends oui, ça doit être difficile au quotidien, surtout de devoir attribuer tant de recherche à un pseudonyme.
- Oui, mais je ne vais pas tarder à me dévoiler à nouveau au monde, j'attends juste que mes enfants ne soient plus à risque.
- Ce sera étonnant de voir les décisions de la justice une fois que les détails sur la tentative d'assassinat seront ouverts au monde ; quand tout le monde saura que ce n'était pas un simple accident de la route. » Dis-je.
- C'est sûr, ce sera étonnant aussi de voir d'autres généticiens se dire qu'ils ont à nouveau de la concurrence. »

Un bon petit-déjeuner dans le ventre, nous partons vers la maison. J'ai envie de dire enfin, mais d'un côté je ne me plains pas non plus d'avoir vu de la famille. C'était plutôt chouette de présenter Arya à tout ce petit monde malgré le fait qu'ils voulaient surtout en savoir plus sur mon hybridation et pas grand-chose d'autre. J'avais l'impression qu'ils n'en avaient pas grand-chose à faire que nous sommes « revenus de parmi les morts ». Enfin cela dit nous voilà reparties vers le nord-ouest.

Devenir hybride ?

C'est la question que je me pose depuis un bout de temps, en fait depuis que j'ai rencontré Falawk ce jour il y a quelques semaines. Plus j'y réfléchis plus je me dis que ce serait intéressant de faire partie de cette nouvelle forme d'humanité modifiée. Pourtant d'un autre côté je me dis aussi que, même si je veux vraiment m'approcher de Falawk, il y a peut-être d'autres moyens que de devenir comme lui. Maman m'a dit qu'elle ne peut pas m'aider à décider, mais que je dois tout de même penser au côté étique de la chose et pas juste devenir un hybride pour l'amusement ou pour être comme celui que j'aime. Pour l'instant je réfléchis à toutes ces choses et je n'arrive pas du tout à me décider. Je vais attendre au moins d'être arrivé chez eux, nous ne sommes plus très loin.

Arriver à la grille je comprends déjà que cette propriété n'a rien de normal, les grillage, le mur, les barbelés et l'énorme portail. Mr Rogue nous explique que le mur et le portail sont très vieux et que lui a rajouté seulement les grillages et barbelés qu'après l'accident. Maman n'est pas trop rassurée jusqu'à ce qu'il nous dise qu'il va nous inclure comme ayant droit sur le système de sécurité : ce qui nous donnera libre entrée et sortie de la propriété et de la maison. Lui lance une commande dans leur langue étrange en ayant tout juste ouvert la fenêtre et le portail s'ouvre. Nous roulons dans des bois pendant une petite minute avant de tourner et là, face à nous, la maison. Enfin je ne devrais vraiment pas dire maison, c'est plutôt un manoir a en juger des dimensions ; elle est gigantesque. Je n'ai pas le temps de compter les fenêtres avant que l'on ne s'arrête dans un garage sous terrain dont l'entrée était juste à droite de la route qui mène à la maison.

Falawk nous appel l'ascenseur et y charge nos affaires puis monte avec, il nous renvoie l'ascenseur une fois déchargé à l'étage. Nous montons de seulement un étage, mais en voyant le bouton avec un numéro « 4 » dessus je comprends très bien la taille de leur maison. Quatre étages, en compte le rez-de-chaussée, ce n'est surement pas rien et le hall dans lequel nous entrons quand on sort de l'assesseur ne fait que renforcer l'idée de grandeur que je me faisais à propos de cet endroit : ils habitent vraiment dans un manoir et pas un petit. Falawk et Wolfine prennent nos affaires et les montent à la chambre, je les suis donc laissant maman et Mr Rogue ensemble.

- « Tu m'as dit que c'est grand chez toi, mais tu n'avais pas expliqué à quel point tu vis dans un manoir !
- C'est vrai, mais tu sais moi-même je n'ai pas la moindre idée de ce qui est dans chaque endroit de cette maison. Depuis que j'ai récupéré mes souvenirs, j'essaie de me souvenir de ce qui se trouve dans les étages et je crois n'avoir jamais tout exploré. » Répondit Falawk en ouvrant la porte de leur suite.

- « Mais frérot tu sais très bien : on n'a pas accès à l'aile laboratoire sauf si papa nous y invite, on n'a pas accès à la suite parentale et on n'a pas accès à l'ancien atelier de maman. Ça fait déjà un bon tiers de la maison en moins donc ça va vite. » Ajoute Wolfine.

- « Oui c'est vrai que c'est ça de moins, m'enfin je trouve dommage que je ne connaisse même pas vraiment la maison dans laquelle j'habite.

- C'est sûr que c'est dommage de ne pas savoir ce qui se trouve dans votre maison ! Dites, vous pensez qu'on peut se prendre une douche ou un bain : je ne me sens pas trop propre avec toute la route.

- Oui bonne idée, grand frère tu n'oublies pas ta promesse hein ! Arya, tu te doucheras avec nous ou tu préfères le faire seule ? » Me demande Wolfine.

- « Euh… Allons-y à trois. » Dis-je gêner.

- « Chouette, je vais chauffer l'eau ! » s'écrie Wolfine.

Et ainsi, 5 minutes plus tard je me trouve nue dans leur salle de bain immense en attendant que l'eau chauffe encore un tout petit peu. Leur bain et suffisamment grand qu'ils ont besoin de chauffer l'eau constamment au risque qu'elle ne se refroidisse. Je rentre ensuite dedans et suis particulièrement étonné de voir que Falawk ne me regarde quasiment pas, enfin si, mais seulement le visage. Toutes mes camarades de classe m'avaient dit que les garçons regardent toujours la poitrine ou plus bas et finalement non pas lui.

Ce qui est irrésistible c'est de voir sa tête quand il me demande de lui laver le dos. Il a cette petite tête de type Chat Potée avec les gros yeux tout mignons et quand il se retourne pour me donne accès à son dos Wolfine lui saute dessus. Elle semble n'en avoir rien à faire de la nudité, ils doivent être habitués et elle fait surement ça souvent. Alors que j'essaie d'attraper Falawk d'une main et de tenir le bloc de savon de l'autre Wolfine se colle contre lui et essai de lui mettre de l'eau dans les oreilles. Je ne comprends pas jusqu'à ce qu'elle y arrive. Falawk la regarde puis secoue la tête si frénétiquement que nous nous faisons doucher par l'eau qui se trouvait dans ses cheveux et je me fais même fouetter par sa chevelure. Wolfine n'arrive plus à se retenir et explose d'un fou rire auquel moi-même ne peux résister. Rigolant tous les deux Falawk se joint à nous, mais non sans avoir d'abord chatouillé sa sœur à l'en faire pleurer de rire.

Quand enfin je l'ai à nouveau sous la main et que je peux lui laver le dos comme il me l'avait demandé, je constate qu'il a plus changé que je ne le pensais. Sur sa colonne vertébrale, il a un long pelage noir jet et il a un plus court sur tout le reste du dos, mais qui est d'un blanc neige luisante. Je lui lave le dos et le frottement de mes mains produit immédiatement un ronronnement grave dans sa gorge. Moi j'en profite aussi pour le chatouiller alors qu'il frotte les cheveux de sa sœur : elle devait ce les laver, mais n'avais pas envie de le faire elle-même. Ils sont vraiment adorables ensemble ces deux-là, et les voir agir ainsi me rappelle toujours dans quel état j'ai trouvé Falawk il y a quelques mois. C'est tellement bien qu'il a retrouvé de la famille et surtout sa mémoire : il en est en bien meilleur état.

Notre bain fini, nous nous habillons et descendons à leur salon : à nouveau une pièce énorme et chauffer par une cheminé de taille médiévale. Je ne sais vraiment pas ce qu'était le revenu de leurs ancêtres, mais très clairement ils savaient vivre ! Maman et Mr Rogue sont en pleines discussions quand nous arrivons. J'entends que des bribes, mais je me rends bien compte qu'ils parlent de moi, car dès que nous pénétrons dans la pièce ils se taisent.

- « Tiens-vous voilà enfin, vous avez fait quoi cette dernière heure ? » Demande maman.
- « On a monté nos affaires et pris un super bain. Et vous deux ? » Je demande.
- « On a surtout papoté et j'essaie de m'améliorer en Anglais même si je n'y arrive pas trop bien.
- Mais si Delphine tu y arrives très bien ! Et dis-moi Arya : est-ce que tu aimerais devenir une hybride ? » m'interroge Mr Rogue. C'est assez brutal comme questionnement, mais bon ça me trotte dans l'esprit depuis un bout de temps donc autant prendre une décision.
- « C'est vrai que si tu veux le faire il ne faudra pas trop tarder, car le processus est assez long. » Ajoute gentiment Falawk.

- « Non, pas vraiment, seulement un mois et demi pour une bonne catalyse et peut-être moins si j'arrive à retrouver ta particularité Falawk. » Le corrige son père.

- « Et bien il suffira à Arya d'en décider moi je n'ai rien contre tant qu'elle est prête à assumer les conséquences de devenir hybride. » Ajoute maman

- « Mais je suis prête à assumer les conséquences de cela maman, c'est juste que je ne suis pas encore certaine que ce soit une bonne idée de le faire.

- Tu pourras te rapprocher de Falawk bien plus et vous seriez les premiers d'une nouvelle version de l'humanité : c'est intéressant comme perspective. » Dis Mr Rogue.

- Effectivement ce n'est pas tous les jours que l'on nous présente ce genre d'options, mais il faut aussi dire que vous ne serez pas les seuls trop longtemps : j'aurai seize ans dans moins de deux ans donc je pourrai avoir l'hybridation physique aussi. » Dis Wolfine. Avec tous ces arguments, j'ai de plus en plus de mal à me décider quant à mon hybridation ou non ? Je suis plutôt bien décidé à devenir un hybride. Malgré toutes les oppositions que je trouve aussi à cette idée, finalement j'aime tout de même beaucoup.

- « Mais vous ne pensez pas que si je deviens hybride je vais aussi être ciblée par Cross-Gen ? Je veux dire ils chassent déjà bien Falawk.

- Non tu ne le seras pas et Falawk non plus, car dès que je revis aux yeux du monde je vais les attaquer en justice pour l'assassinat de ma femme. De fait ils auront bien mieux à faire que de chercher des noises à mon fils et toi. » Dis Mr Rogue.

- « Est-ce que tu es vraiment certaine de vouloir essayer ça Arya, je veux dire tu ne seras plus jamais vraiment la même. » Me dit maman.

- « Je le sais maman, mais ce n'est pas le genre d'occasion que j'aurai à nouveau dans ma vie donc j'aimerai vraiment en profiter. Et oui, malgré le fait que j'en ai peur je me dis que ce sera tout de même génial !

- Dans ce cas nous pourrons commencer dès la semaine prochaine. Je vais devoir te prendre un peu de sang Arya, et Falawk aussi, j'aimerais bien trouver ta "particularité". » Dis le père de Falawk.

- « Ça me donne le temps de changer d'avis si c'est dans quatre jours. » Dis-je un sourire en coin.

- « Effectivement, mais avant de continuer dans cette discussion, il est grand temps de gouter ! » s'exclame Wolfine. »

Personnellement je n'ai pas trop faim, mais Falawk ne se fait pas prier, il part à la cuisine et 5 minutes plus tard nous emmène un plateau avec thé, café et biscuits divers. Nous discutons encore un bon moment au sujet de mon hybridation, et à un moment le père de Falawk demande à maman si elle aimera s'hybrider aussi. Elle me surprend par sa réponse « Quelques années avant et j'aurai sauté sur cette occasion d'être différent et nouveau, mais à ce jour je suis trop vieille pour ce genre de choses ». L'entendre dire qu'elle aura aimé ce genre d'occasion me retire tout le questionnement qu'il me restait, je vais devenir un hybride !

Après notre gouter maman et Mr Rogue partent au village faire une ou deux courses alors que nous autres les « jeunes » avons pour rôle de rentrer du bois pour la cheminée et de ranger un peu mieux la maison. Nous travaillons le bois et c'est là que cela arrive pour la première fois, une manifestation des particularités hybrides de Wolfine. Elle regarde une buche et d'un ou deux coups de hache la fend en petits morceaux. Elle dit pouvoir voir les faiblesses du bois et ainsi bien mieux savoir où viser. Falawk utilise plus de la force brute et me montre juste à quel point il est différent. Utilisant sa queue pour s'équilibrer il met toute sa force et son poids quand il coupe ou fend le bois. C'est puissant à tel point qu'il fend des buches d'un mètre de long en une fois. Plus je les observe plus j'ai envie d'être comme eux, enfin surtout comme Falawk.

Le bois et le rangement fait nous montons rejoindre Mr Rogue et maman qui, étant rentrés des courses, sont montés préparer le laboratoire. Enfin, maman je ne sais pas, mais c'est-ce que fait Mr Rogue. Oui j'ai du mal à l'appeler autrement, dire Jack pour l'appeler me fait bien trop bizarre. Il me demande de m'allonger et m'ausculte avec un regard des plus professionnels : c'est évident qu'il sait parfaitement ce qu'il fait. Il dit à Falawk de faire la même chose et l'ausculte aussi puis nous prend tous les deux une goutte de sang du bout du doigt. Il le met dans une sorte de lecteur ou je ne sais quoi et après qu'un bip est émis regarde le résultat.

- « Bon vous avez tous les deux un sang en bon état et en plus vous êtes compatible Falawk étant O+ et Arya A+. » Dit-il d'un ton très scientifique.
- « Et du coup tu vas nous faire quoi là tout de suite ? » Demande Falawk avant que je n'aie le temps de poser exactement la même question.
- « Je vais vous faire un prélèvement sanguin : Falawk pour trouver ta particularité qui te permet d'hybrider aussi bien et Arya pour te préparer les catalyseurs. Ensuite Arya pourra choisir les ADN qu'elle souhaite avoir et je vais les lui injecter.
- « Déjà ? Mais comment cela se fait-il que vous fassiez ça aussi vite, vous les avez en stock ? » Je lui demande.
- « Oui, j'ai presque tous les animaux existants et même certains n'existant pas à l'état naturel. Bien sûr je n'ai pas les animaux en eux-mêmes, mais plutôt des échantillons, mais c'est bien suffisant. Je te donnerai la liste et tu me diras ce que tu veux.
- J'ai déjà choisi, je veux les mêmes que Falawk avec à la place du Loup blanc du Loup européen.

-   Dans ce cas ce sera encore plus facile je les ai tout prêt, je vais faire le prélèvement et ensuite je préparerai ça ».

Il nous pique, prend le sang qu'il lui faut : très peu, puis fais au moins trente-six-mille choses que je ne comprends pas pour au final me ramener une tablette tactile avec des petites cases avec des chiffres. Je n'y comprends rien jusqu'à ce qu'il me dise que c'est les pourcentages des ADN qu'a Falawk et il me demande si je veux les modifier pour moi. Je fais deux ou trois changements pour arrondir les gros chiffres et j'équilibre un peu plus les petites valeurs. Cela fait, il branche la tablette sur une machine au fond de la pièce qui se met à vrombir doucement. « C'est le range fragments, il te choisira les meilleurs brins d'ADN et ainsi tu n'auras aussi que les traits intéressements provenant de ces animaux. » Me dit Jack. J'ai toujours aussi difficile de l'appeler ainsi, même dans ma tête !

Une fois prêt, il revient avec quatre seringues de petite taille et me les pique, un dans chaque bras un dans chaque jambe. Je n'ai même pas le temps de dire « aie » que c'est déjà fini. Il me sourit et me dit que par contre les deux catalyses qu'il me faudra faire ont besoin de seringues un brin plus grandes. Vraiment pas rassurent, mais bon je l'aurai voulue.

…

Ma première catalyse est faite et maman est à son dernier jour de congé donc on est en route pour le port. Comme mes traits commencent à se métamorphoser, Jack me demande de rester une à deux semaines de plus et envoie donc Wolfine raccompagner maman. Maman me dit que ça ne la dérange pas, et propose même à Wolfine de rester les deux semaines où je reste en Écosse, en France avec elle. J'ai déjà mes yeux en croix donc il semblera que c'est la première chose à changer, mais en plus de ça le sang de Falawk a permis de faire un catalyseur bien plus efficace. Il l'est tellement que je devrais avoir fini mes mutations d'ici deux ou trois mois donc tout prêt pour la rentrée à l'université.

Une fois arrivé au port nous déposons maman et Wolfine, je salue maman et me regardant droit dans les yeux elle me dit : « Ne t'en fait pas pour moi, mais tiens-moi au courant de comment tu changes et évolues. Je ne veux pas que tu rentres avant que Jack ne te l'autorise même si tu y restes deux mois ». Je ne la comprends pas tout de suite puis me rends compte qu'elle essaie de me donner mes premières libertés étant donné que je vais à l'université d'ici peu. Elle pense vraiment à toute ma maman !

…

Une fois rentré chez les Rogues, Falawk et moi recherchons quelles études il pourra faire et il choisit de suivre les mêmes que moi en double cursus avec une licence de langues. Il est vraiment fou d'études, mais bon apparemment je vais devenir comme lui au bout d'un certain temps. En attendant de rentrer à la fac, dans notre cas à Paris, Mr Rogue nous propose de suivre des cours en ligne pour prendre de l'avance sur le cursus. Et pendant les deux semaines qui suivent, Falawk réussit à faire plus d'un semestre de travail. Je ne comprends vraiment pas comment il peut mémoriser toutes ces choses, mais il y arrive vraiment très bien. Si c'est ça être hybride, vivement que mes mutations finissent et que je puisse enfin mémoriser correctement mes cours.

Retour dans le monde des vivants

Arya dut rester bien plus que ce qui était prévu à l'origine, elle a trop de mutations trop rapprochées les unes des autres pour quitter la surveillance médicale de Jack Rogue. Wolfine n'en est pas trop malheureuse, pour la première fois de sa vie elle est en contact avec le monde extérieur. Elle vit avec Delphine en France et l'aide au travail sous l'œil toujours surprit des collègues de son hôte.

Ayant fini ses recherches en cours, Dr Rogue décide de les publier à nouveau sous son vrai nom et change le copyright sur ses anciennes publications pour les mettre à son nom. Moins de 24 heures après son « retour de parmi les morts » cela tombe aux informations du soir : « Le Dr Rogue mort il y a 14 ans vient de refaire son apparition et de prouver qu'il n'a jamais vraiment été mort, mais juste caché ». Il dut aller à une conférence de presse pour que les gens y croient et puissent attester de la vérité de son retour. Cela fait, il commence par porter plainte contre Cross-Gen pour leur vole de son travail ce qui met immédiatement le monde scientifique sur ses gardes, car ils savent très bien ce qu'il recherchait. Quand il dévoile le fait que Cross-Gen crée illégalement et souvent contre leur volonté des hybrides, un mandat d'arrêt est prononcé dans la même journée. Falawk doit apparaitre devant les caméras pour se montrer vivant aussi et quand il retire son bonnet tout le doute restant dans l'esprit des gens disparait.

En l'espace de 2 mois, les Rogues reprennent leur nom de pouvoir. Jack Rogue se fait inviter dans des laboratoires partout dans le monde, mais refuse « par sécurité » et « pour l'instant » dit-il. Qui aurai cru que tout cela ira aussi vite, le plus étrange est le fait qu'au bout d'à peine une dizaine de jours à la suite du mandat Interpol une bonne trentaine de rescapées à Cross-Gen donnent des témoignages. Des articles sont publiés et même certaines thèses lancées au sujet des Hybrides.

Du fait que cela prend du temps, Arya se retrouve aussi un peu sous les projecteurs quand elle apparait à une des conférences Rogues aux côtés de Falawk. On croit d'abord que c'est sa sœur puis quelqu'un demande si elle est sa petite-amie et son simple hochement de tête lance les magazines people à ses trousses. Ils veulent lui demander comment c'est de vivre avec des hybrides, comment elle a connu Falawk et bien d'autres questions certaines bien gênantes. Si elle ne répond pas ils inventent ce qui ne lui plait pas, mais elle n'y peut rien du tout. Elle devient populaire et impopulaire au fil des jours à tel point qu'après ces deux mois elle n'a qu'une envie et c'est de retourner en France là où elle ne sera pas autant reconnue.

Malgré leur volonté à fuir les médias, les Rogues sont plutôt bien reconnues, et ce par presque tout le monde. Par contre, personne ne sait vraiment où ils habitent, car cette information est encore protégée par la loi à la suite de l'attaque en justice de Cross-Gen. Le centre en France a été pris en siège, mais ils ne peuvent y entrer, car les doyens menacent de tuer les jeunes qui y sont. L'intervention des forces spéciales n'a ainsi résulté que dans le mort de 15 adolescents qui étaient déjà amincis et tout à fait humains. Falawk et Arya sont les deux seuls hybrides à ce jour sur le plan physique.

Retour en France

À la suite d'un appel de Wolfine, Arya se doit de retourner en France, Delphine s'est blessée suite à une crise de douleur dorsale. Son rhumatisme lui fait suffisamment mal que monter l'escalier devient difficile. Pour assurer que tout ira bien Jack enseigne à son fils comment surveiller les mutations de sa petite amie alors qu'elle finit de devenir un hybride. Ils partent donc à nouveau vers le port ferry. Falawk a pris avec lui des affaires et de l'argent pour rester en France un moment, il va entrer à la fac avec Arya à Paris XIII.

Au ferry, prêt à embarquer, Mr Rogue donne à Arya et à Falawk un petit bracelet chacun, il explique : « Ce sont des traceurs GPS au cas où il vous arrive des noises. Ne les enlevez jamais, leur pile tiendra 5 ans et ils sont résistants à l'eau et à la chaleur ». Et sur ces mots ils les déposent au terminal passager et repartent dans la foulée à une conférence qui se fait à la capitale.

Arrivés à la douane Falawk et Arya passe par le portique première classe uniquement, car un des douaniers les a reconnus. « On va éviter d'avoir une émeute de paparazzis amateurs si vous le voulez bien ». Leur dit-il d'un ton un peu las. Et c'est effectivement ce à quoi ils auront eu droit, car beaucoup de gens sont au guet pour croiser les deux premiers hybrides de l'histoire. Partis pour leur cabine les deux adolescents soufflent un bon coup sachent qu'ils pourront simplement dormir pendant la plus grande partie de la traversée. Dès le départ ils partent tout de même diner et ne s'y font pas du tout embêter. La majorité des gens, attendant un peu plus tard pour diner, sont en train de s'installer en cabine ou dans les divers salons. Falawk entend un des cuisiniers dire que la traversée va être rude, car ils foncent droit sur une tempête et n'ont aucun moyen de ne pas la traverser. Sans le savoir, c'est cette houle énorme qui va chambouler beaucoup de choses.

Ayant prévenu Arya même si à présent elle entend aussi bien que lui, Falawk essaie de la rassurer en lui disant qu'ils vont simplement dormir et qu'ils ne sentiront rien de la tempête. Pourtant ce n'est pas vraiment le cas, une fois leur diner fini ils descendent d'un pont pour arriver à leur cabine et la houle commence. Ils sont obligés de se retenir à la balustrade tout le long de leur cheminement vers la cabine, faut de quoi ils tomberaient. Pour être franc, et je cite Falawk : « Ils en chient comme des biquettes malades sur colline escarpée atteinte de forte diarrhée suite à la surconsommation de pruneaux. » Dits à sa façon, ils ont beaucoup de mal.

Enfin arrivés dans leur cabine ils réussissent tout juste à s'installer que la houle s'amplifie. Arya rejoint Falawk sur son lit et se pelotonne contre lui. Non pas par qu'il fait froid, mais à cause des bruits du ferry qui lui font froid dans le dos à tel point qu'au bout d'un moment elle en pleur presque. Falawk, après son épisode à Cross-Gen est moins sensible à la peur et pourtant il n'est clairement pas bien.

Enfin endormis, ils n'entendent même plus les bruits du bateau et pas non plus l'annonce du capitaine comme quoi la coque du bateau est endommagée. Vers 2 heures du matin Arya se réveil pris d'un besoin présent et s'éclipse de la cabine pour aller se soulager laissant la porte entrebâiller pour que Falawk ne la cherche pas s'il se réveil. Ce n'est pas le cas et elle revient, ferme la porte et s'installe à côté de lui à nouveau sans qu'il ne sorte de son rêve.

De la même manière environ une heure avant l'arrivée au port Falawk se réveille et part au bout du couloir se soulager. N'étant pas bien réveillé et la mer toujours tumultueuse il n'entend pas les deux hommes qui surgissent derrière lui alors qu'il essaie de se rediriger vers sa cabine. Dommage, car à peine a-t-il fait un pas de plus qu'il reçoit une décharge de 40 000 volts le mettant immédiatement au tapis. Enfin lui ne se rend pas compte que c'est une décharge, car il tombait déjà à cause de la houle.

Encore ?

Je me réveille et il est évident que quelque chose ne va pas : ça ne bouge plus du tout. Je suis installé sur un lit médicalisé dans une pièce sans fenêtres et avec une porte en acier… Bon et bien une chose est sûre je ne suis pas l'invité ici, mais le prisonnier !

Que dire de plus, après tout je viens très bien de comprendre où je me trouve : dans une cellule. Ne me souvenant de rien de plus que la houle du ferry et après une chute je n'ai aucune idée de ce qui a pu se passer. C'est tout de même étrange le nombre de fois où on m'enferme, même si la première fois c'était en partie ma décision. J'étais parti au centre de Cross-Gen volontairement. Cette fois qui est-ce qui me retient prisonnier, un gouvernement ? Des ennemis de la famille ? Ou encore Cross-Gen ?

Une chose est certaine : ils m'ont bien à l'œil, car à peine je me relève que j'entends déjà des voix dans le couloir. On entre dans ma cellule : une femme et un homme assez âgé, ils me disent (non pas demande) de les suivre. À la vue des deux tas de muscles qui attendent dehors je comprends très bien que je n'ai pas le choix. Ainsi, je m'exécute et sors de mon lieu de confinement encadré par quatre belles brutes bien armées. J'entends bien le crépitement du tazer derrière moi qui m'indique sans nul doute l'impossibilité de la fuite. Étant donné que je n'ai pas la moindre idée de là où je suis, fuir aurait été plutôt idiot de toute façon. On arrive au bout de deux couloirs dans une pièce remplie d'un amas de technologie totalement disparate : des ordinateurs voisinent avec le matériel de chimie qui lui-même se retrouve à côté d'un tas de câbles les uns plus étranges que les autres. La seule chose que je remarque de logique dans tout ce fouillis est le lit médicalisé au milieu de la pièce. Tout le reste est autour, dans le genre un élément autour d'un cercle de chaos.

On « m'invite » à nouveau à m'installer sur le lit et dès que j'y suis je comprends le but du tas de câbles : ce sont des capteurs qu'on me fixe un peu partout sur le corps.

La première phrase à la quel j'ai droit, en fracas en plus :
« Où est la clé ? »

Bien sûr je me doute qu'ils ne parlent pas de la clé d'une porte, mais je ne sais pas du tout celle à la quel ils font allusion.

« Je n'en ai pas la moindre idée. Mais de quelle clé parlez-vous ? » Je leur dis. Évidemment, ce n'était pas la « bonne » réponse et je découvre une nouvelle fonction au capteur : ils envoient des décharges. La première vient à ma jambe gauche et me tétanise totalement les muscles. Puis on me pose à nouveau la question : « Où est la clé ? » cette fois d'une voix un peu plus rauque tout de même. Leur technique de dissuasion au mensonge étant plutôt efficace je me doute que leurs capteurs relèvent le moindre tressautement de voix et de pouls donc je réponds par la plus plate vérité : « Je ne sais pas de quoi vous parlez ! » Étonnamment ma voix n'est qu'un chuchotement malgré mon envie de hurler pourtant elle se débloque pour hurler quand ma deuxième jambe se fait électrocuter. J'ai un mal de chien à ne pas pleurer : mon temps depuis ma sortie de Cross-Gen m'a adoucie, on dirait. Avant, je n'aurai presque pas sourcillé de ce genre de traitement, on nous le faisait déjà là-bas.

J'ai droit à ce même traitement deux fois de plus : une pour chaque bras. Ils sont marrants, ils vont devoir me porter jusqu'à ma cellule quand ils en auront fini. Dans mon état actuel, je ne pourrai même pas ramper, j'espère que mon ADN de reptile va pouvoir me guérir ça. À mon grand étonnement la prochaine répétition de « Où est la clé ? » ne vient pas, au lieu de ça c'est bien pire : « Arya est morte, nous l'avons tuée tout comme le reste des gens sur votre ferry. » Là je n'arrive vraiment plus du tout à me retenir et pleurent de froides larmes de rage. J'essaie de leur demander simplement pourquoi ils ont tué autant d'innocents, mais je n'arrive même plus à parler tant je pleure.

Comme pour renforcer le coup, on me met devant un écran et me montre une vidéo « vue du ciel » de ce qu'était notre bateau. Je comprends que c'est filmé par un hélicoptère militaire quand je vois les deux missiles partir et se diriger droit sur la coque du bateau. Juste avant de toucher le ferry, mes capteurs mettent la vidéo en pause pour rejouer une phrase « regarde donc de quoi on t'a sauvé ! ». Et là je vois le bateau exploser et par bonne mesure les deux premiers missiles sont rejoints par quatre autres de leurs semblables.

« J'imagine que tu te doutes que ce que tu viens de voir est arrivé juste après que nous t'avions retiré du bateau. Nous savions très bien où tu allais donc par bonne mesure il y avait des agents sur le ferry ». Avec la plus grande difficulté, j'essaie de leur demander qui ils sont. Tout ce à quoi j'ai droit comme réponse et un « D'après toi ? » moqueur.

La femme et la vielle homme sortent de la salle en lançant une simple commande aux deux brutes en présence : « Amusez-vous les garçons, mais je ne le veux ni mort ni dans le coma ». Et la femme sort de la pièce, mais se retourne : « N'oubliez de lui prélever du sang et de la moelle avant, on ne voudrait pas perdre nos bonnes habitudes. »

Dès qu'elle eut disparu, je sens une première aiguille qui entre dans mon bras et m'aspire une bonne quantité de sang. Puis une autre se fait enfoncer dans mon dos dès qu'ils m'ont retourné. Celle-ci fait naitre dans le bas de mon dos une douleur encore plus instance que celle causée par leurs décharges.

Je me doute que leur « jeu » ne va pas me plaire, mais leurs pratiques m'étonnent beaucoup : ils font chauffer de la cire…

J'aurais dû me douter que la cire ce n'est pas bon présage, mais de là à savoir ce qu'il en ferait c'était impossible. J'ai la tête toujours tournée vers un écran qui diffuse en boucle l'explosion du ferry, mais je sens très bien l'odeur de la cire chaude qui s'approche. On m'attache par bonne mesure puis à nouveau la question « Où est la clé ? » Ils n'ont pas fini de me la pauser celle-là à ce que j'entends et toujours avec une voix des plus monocorde. On me verse la cire le long de la colonne vertébrale et ça me brule au point de me faire hurler de douleur à nouveau. Je sens un objet étaler la cire sur tout mon dos puis ils attendent. Moi je hurle en discontinue n'ayant même pas le temps de reprendre ma respiration. Je sens ma peau se boursouffler et les cloques se former sous l'effet de la brulure. Je sens mon duvet de fourrure s'emprisonner dans cette horrible cire alors qu'elle refroidit et durcit. Les chimistes en fonctions s'amusent à me regarder souffrir au point où ils en oublient de jouer eux avec ma moelle et mon sang qu'ils ont devant eux. À nouveau leur stupide question m'est posée, mais cette fois avec une pointe d'humour, ils doivent savoir à présent que je n'ai aucune idée de la réponse. Tout ce qu'ils me font est en réalité de la torture gratuite et je me doute qu'ils n'en ont rien à faire en réalité.

La prochaine étape de cire est bien plus horrible que les brulures, ils se mettent chacun d'un côté de moi et, alors que je vois pour la centième fois la vidéo, arrachent l'énorme plaque de cire dans mon dos. Ils m'arrachent en même temps la majorité de ma fourrure et la peau qui avait formé les cloques de chaleur. Je me sens suinter de toutes ses blessures ouvertes au grand jour. Quelqu'un entre dans la pièce un seau à la main et s'approche de moi puis vide la contenue du seau sur mon dos : de la neige. La douleur est si intense que je n'arrive pas à rester conscient et je sombre dans le néant de l'inconscient.

Réveillé à coup de décharge, je sens que mon dos a été pensé, mais ça ne suffira jamais à me protéger de la douleur qui me lance de partout à présent. Je remarque que la femme est de retour et dès que je suis conscient elle me fait un sourire mauvais et me dit : « Soit le bienvenu à ton nouveau domicile TGX 52-15. J'espère vraiment que tu aimeras ton nouvel emploi du temps, il sera simple, mais efficace. Si tu ne nous dis pas où on peut trouver la clé pour l'hybridation humaine, tu auras mal. Si tu nous mens : tu auras mal. Si tu essaies de t'enfuir à nouveau tu mourras, car nous sommes à 65 km de toute vie et dans l'Himalaya donc, n'y pense même pas ».

N'ayant pas la force ni l'envie de lui répondre je laisse simplement l'inconscience me reprendre et m'emmener dans ce néant dont rien ne s'échappe. Au moins cette fois quand je reviens à moi je suis de retour dans la cellule et au sol il y a un bol de liquide qui, avec mon niveau actuel de faim, m'attraie bien trop pour l'ignorer. J'avale presque d'une traite le liquide visqueux qui devait être une sorte de soupe, mais de je ne sais quoi. Dès que c'est dans mon ventre, je sens que quelque chose ne va pas : c'était bien trop liquide pour me donner une telle sensation de « lourd » dans l'estomac. Je n'ai donc aucune idée de ce que je mange, aucune idée de l'heur qu'il est, ni du temps écoulé depuis l'explosion du ferry et je ne sais pas non plus pourquoi ils pensent que je sais où se trouve leur fichue clé.

Ça n'en finira donc jamais

Je comprends très vite ce que voulais dire la femme à propos d'emploi du temps, c'est toujours exactement la même chose : réveil, manger, aller aux w.c. (non pas de douche), la salle « qui fait mal » comme je l'appelle, torture diverse et variée puis je sombre toujours dans l'inconscience. Je me réveil quand je me réveil où quand on vient me donner une petite décharge sur la plante des pieds pour me sortir de mes « nuits » de cauchemars pour me faire entrer dans ma « journée » de cauchemars. C'est très répétitif comme système et je n'ai toujours aucune idée du temps qui passe, car il n'y a pas la moindre horloge nulle part. J'essaie de compter le nombre de répétitions, mais rien n'y fait j'ai perdu le compte trois fois déjà. Par contre, s'il y a un ratio d'une répétition de la petite routine de torture par jour alors, malgré que j'ai perdu le compte, je suis là depuis déjà plusieurs mois. Ce qui m'étonne le plus c'est qu'ils pensent encore que je sais où est leur clé tant recherchée, mais je n'en ai vraiment pas la moindre idée, même papa ne savait pas ce que c'était. Autre chose étonnante, je ne sens pas mauvais malgré le fait que je suis vêtue d'une simple blouse d'hôpital, elle est propre à chacun de mes réveils et moi aussi. Quelqu'un s'occupe de moi pendant mon sommeil. Même si je ressemble, à présent, à un vers avec une queue de rat (oui ils l'ont épilé de force à la cire aussi), après la séance de torture mes blessures sont pensées et je suis propre. Il ne me reste pour seuls poils-cheveux-duvet que mes cils, tout le reste a été retiré avec de la cire brulante et comme je ne répondais pas à leurs questions ils m'ont exposé au froid dans cet état.

Je leur ai menti pour avoir une journée de paix je leur ai dit que seul moi peux devenir hybride grâce à mes parents, mais ils n'y ont cru qu'une « journée » et on juste reprit la torture de plus belle après. En comparaison à mes capteurs actuels, le centre de Cross-Gen en France était de la rigolade. Là-bas au moins ont été plusieurs. Ici je suis seul, n'ai aucune notion du temps outre le fait que j'ai de moins en moins de force et je résiste très mal et très peu de temps à la torture à présent. Je ne peux pas le dire autrement : je meurs à petit feu et ils s'en amusent.

…

Deux « semaines » de plus.

…

À présent on me donne de moins en moins à manger et la seule torture restante est quand ils me sortent de ma cellule pour me mettre sur l'hélipad, par -40 °C au moins et parfois dans une tempête de neige. Je suis malade à mourir, je tousse mes poumons et n'arrive plus du tout à voir droit et là seulement on me laisse un peu de répits : deux « semaines », je crois. J'ai droit à quelques repas et rien d'autre que leur horrible bouillon de je ne sais quoi. Parfois on me fait sortir pour prendre une douche, de trois minutes et à une température fixe : bouillante. C'est un peu dans le mode « Si tu veux être propre, il faudra souffrir ! » C'est que j'adore cet endroit !

Quand une personne que je n'avais jamais vu jusqu'à là entre dans ma cellule je comprends très bien que mon « repos » est fini et que la routine va reprendre, mais de quelle façon cette fois ? À l'heure qu'il est, ils doivent avoir compris que je ne sais strictement rien de ce qu'ils me demandent et que je vais finir par mourir de faim et de mes blessures. Effectivement j'ai des traits d'ADN qui me permettent de guérir plus vite, mais ça ne fonctionne pas si on me met du sel dans les plaies et c'est exactement ce qu'ils font. J'ai déjà failli perdre l'usage de mes pieds durant leur période de torture par le froid donc j'espère qu'ils ne vont pas recommencer. La femme qui entre dans la cellule me regarde de haut en bas puis me fait la déclaration la plus inattendue : « On va te relâcher ». Et sur ces mots, sors de la cellule en laissant la porte ouverte. Évidemment je la suis me disant dans tous les cas que c'est juste une mauvaise blague puis elle me guide vers la porte qui mène dehors et je sais que j'ai raison : c'est juste le renouveau de la torture par le froid.

Encore et encore la même horrible routine continue pendant je ne sais combien de temps. Ma fourrure commence à revenir un peu et je suis étonné qu'ils ne me l'arrachent pas à nouveau. Ma queue est la première chose à redevenir touffue puis c'est le reste de mon corps et au bout d'encore quelque temps je meurs un peu moins de froids dehors. Par contre je meurs beaucoup plus de faim, car on me nourrit encore moins souvent.

Un temps après encore, on m'annonce la pire des nouvelles jusqu'à là, ça ne fait que trois mois que je suis là. Moi qui avais compté plutôt six mois c'est tout de suite bien pire. Je passe la plus grande part de mon temps à être inconscient et à avoir horriblement froid. C'est ainsi que je comprends qu'ils attendent que je devienne délirent pour voir si j'en dirai plus au sujet de la clé dans un état second et rendu fou par la faim et le froid.

Deux répétitions plus tard commencent le bruit, ils me disent que malgré tous mes efforts pour leur dissimuler ils ont une piste pour la clé. Ils ont trouvé ce qu'ils cherchaient ? Est-ce vraiment possible sachent que moi-même je ne savais rien de l'existence de cette clé. Quand je dis que c'est le bruit, c'est que j'entends atterrir et décoller des hélicoptères tout le temps, on ne me fait plus sortir sur l'hélipad en haut du complexe, mais en bas par une sortie que je ne connaissais pas. Ici on me surveille avec des caméras de sécurité et des agents sont prêts à me sauter dessus à tout moment. Étant devenu bien plus « poilu », je résiste un peu plus encore à cette torture du froid. Malgré ça je suis encore malade et cela depuis longtemps, ils ne me donnent pas de médicaments où je les vois faire, mais le gout de la soupe a changé. Ils me passent donc je ne sais trop bien quels médicaments, mais une chose est sûre cela fonctionne plutôt bien. Je sens une autre chose d'étrange dans tout ce nouveau raffut : on m'observe de moins en moins. Comme si ce qu'ils ont trouvé est si grandiose qu'ils n'ont plus d'intérêt pour moi.

Encore quelques répétitions de la routine de traitement par le froid et je décide de prendre mes jambes à mon cou et tenter le tout pour le tout. N'ayant aucune idée de là où j'essaie d'aller je cours, du moins j'essaie, mais n'avance pas très vite avec toute la neige. Il fait horriblement froid, malgré la plante de mes pieds bien renforcée et la fourrure épaisse qui me recouvre presque tout le corps je meurs tout de même de froid. Courant sans véritable but je ne cesse de courir et essai même d'accélérer quand le bruit d'une motoneige se fait entendre derrière moi. Je fuis comme si là où je vais est mieux que là d'où je viens, mais en réalité je n'en sais fichtrement rien. Je cours tout simplement et plus le bruit se rapproche et plus je faiblis.

Je chute et me relève in extrémis. Mais trop tard il est là, une des brutes de Cross-Gen et il me vise avec son arme. Ne voulant plus revenir aux souffrances qu'ils me font endurer j'essaie de continuer à courir, mais il me tire dessus. Étant déjà au bord de l'inconscience je me laisse une fois de plus aller à l'obscur ami qu'est mon inconscience.

Un temple

N'ayant aucune idée du temps passé, la seule chose que je peux dire c'est que j'ai trop faim. Je dis bien « trop » dans le sens où cela dépasse ce qui est normal. Même durant la période où ils essayaient de me faire parler en me tuant à petit feu, j'avais moins faim qu'en ce moment. Et j'étouffe aussi, tout l'air autour de moi est épais d'une sorte de fumée parfumée, on dirait bien de l'encense. Je suis sous plusieurs couvertures et allongé sur un lit plutôt confortable, par contre je suis nu. Une fois de plus je bénis ma fourrure, car à cette occasion elle me cache très bien ! Je ne peux pas me plaindre d'avoir froid en tout cas, même bien au contraire donc, soit je sois mort et le paradis est vraiment étrange, soit je suis dans un endroit inconnu au bataillon. C'est uniquement quand un des pans du mur bouge et qu'un homme habillé d'un long vêtement rouge bordeaux entre que je comprends que ce n'est pas Cross-Gen. Il me regarde et voit que je suis réveillé, se retourne et ressort. Je l'entends dire quelque chose dans une langue impossible à comprendre et qui ne ressemble à rien que je ne connaisse. J'attends que très peu de temps avant qu'il entre à nouveau dans la pièce et ouvre un volet, tende un tissu devant et ainsi laisse entrer la lumière, mais pas le froid.

Je ne comprends pas tout de suite quand il me parle puis je me rends compte que c'est en anglais, mais très archaïque : « Are you human? » Es-tu humain ? Si je pouvais rire, je l'aurais fait, mais le simple hochement de tête que je fais me demande bien trop d'énergie. Un des hommes présents dans la salle remarque mon état et m'apporte un grand pichet de je ne sais trop quoi. Il m'en sert dans une tasse en métal déformé par l'âge et me le porte aux lèvres. J'avale sans réfléchir le contenu du récipient malgré le gout absolument horrible. Si on me disait que c'est de l'extrait de chaussette vieilli en fut de chêne pendant trente-cinq ans, je pourrais parfaitement y croire. Pourtant j'arrête tout de suite de ronchonner quand je me rends compte de l'effet que je ressens suite à l'absorption du contenu du pichet. J'ai encore très faim, mais j'ai tout de même l'impression d'avoir un peu d'énergie en moi.

À nouveau l'homme essaie de me parler « Can you move? » C'est très basique comme question, mais lui répondre me demande grande réflexion : est-ce que je peux bouger ? J'ai la tête qui tourne dès que je fais le moindre mouvement donc ce n'est pas très pratique, mais j'arrive, avec beaucoup d'efforts, à me relever un peu. Dès que je suis assis dans le lit, ils m'aident à tourner et m'assoir au bord. On me relève doucement et quand je suis debout ils me font un peu marcher comme ça, entre deux hommes. On m'emmène dans une pièce voisine : une salle d'eau. Je dis salle d'eau, car il y a deux basins creuser à même la pierre dans le sol et une source s'y jette. L'eau est en toute évidence chaude, mais quand on m'y met les pieds je me rends compte qu'elle me parait froide si je la compare aux douches à Cross-Gen. Rien que cette information me confirme que, soit je suis fou, soit je ne suis vraiment plus du tout dans le centre Cross-Gen. Mais comment est-ce possible ? Je n'y comprends plus rien du tout ! Ils m'ont rattrapé et ensuite tiré dessus je devrais être entre leurs mains à l'heure qu'il est, ou mort, mais serment pas libre et dans un bain chaud avec des moines autour de moi. Oui je crois que ce sont des moines au vu de leur habillement, et je me doute avec la concoction qu'ils m'ont fait boire que ce ne sont pas des médecins en Europe non plus. Au moins cela confirme le fait que j'étais emprisonné dans l'Himalaya.

On me laisse dans le bain et je me nettoie au mieux possible dans mon état de faiblesse. Réussissant tant bien que mal à me rendre propre, je frotte ma fourrure à présent bien plus longue que n'importe quand avant, si je dois mesurer le temps en fonction de la pousse de mes poils alors cela plus de six semaines depuis que je me suis enfui de Cross-Gen. Pas étonnant que je meure de faim, déjà qu'avant ce n'était pas génial, mais si je suis resté inconscient et sans perfusion et bien ce n'est pas gagné. Je me permets un petit moment de relaxation alors que je laisse l'eau courante du basin me rincer les cheveux du savon. Mes cheveux sont toujours aussi noirs qu'avant eux aussi, mais beaucoup moins longs que ce que j'avais avant ma capture. Ils avaient eu le temps de pousser quelque peu, mais en ce moment ils ne m'arrivent guère plus bas que les épaules. Me rendant compte que le reste de ma fourrure a, quant à elle, eu le temps de bien revenir je suis plutôt heureux. Je détestais vraiment la période où ils m'avaient tout retiré, surtout ma queue était devenue horrible sans sa touffe de fourrure.

On ne me laisse pas trop longtemps dans le bain. Quand ils viennent m'aider à sortir de l'eau, je leur en suis vraiment reconnaissant. Ils me prêtent de leurs vêtements rouges et des sous-vêtements en toile fine. Ils ont une superbe capuche sur ce vêtement ce qui me permettra au besoin de cacher mes oreilles. Ils ont même eu la gentillesse de me faire une petite ouverture à l'arrière pour que je puisse laisser passer ma queue. M'aidant à m'habiller l'un d'eux me dit le seul mot qu'il me fallait entendre « food » de la nourriture. Si j'en avais eu la force, je l'aurai embrassé ! Ils voient tous mes yeux pétillants et mes oreilles qui frétillent alors que ma queue remue et en rigolent. C'est la première fois que je vois des moines rigoler et c'est assez étonnant de se dire qu'ils rigolent comme tout le monde. Du moins moi cela m'étonne pendant quelques secondes et après je me dis, mais ils sont comme tout le monde donc c'est tout à fait normal ! Cela en me sentant un peu stupide, mais on ne me laisse pas vraiment le temps d'y réfléchir plus longtemps. Ils me guident, à travers deux galléries et un tunnel assez grand, vers une sorte de grande salle à manger. Ils ne sont pas très nombreux, mais il est évidant qu'à certain moment ils doivent l'être, car il y a la place pour près de cent personnes alors que nous sommes au total pas plus de vingt.

Le repas se fait servir et je suis étonné de la variété du contenu, il y a de tout, des légumes, de la viande séchée, des fruits secs et beaucoup de riz. On m'invite à me servir et ne voulant pas paraitre trop gourmand je me sers donc un peu de tout et un bon bol de riz. Un des moines me sourit et me resserre en viande et en légumes puis ils font toute une prière silencieuse avant de s'attaquer à leurs assiettes. Je ne me fais pas prier et m'attaque à mon assiette. Je remarque à ce moment juste à quel point je ne comprends rien de ce que disent ces hommes quand ils parlent leur langue. Ayant été exposé à différents types de langues je connais très bien l'existence de variations et de nuances dans les langues, mais la leur est trop étrange pour moi. Un des hommes à côté de moi me montre des éléments qui sont devant moi et me donne ce qui doit être leurs noms. Je mémorise le plus possible et en fin de repas je suis capable d'en demander encore ce que je fais. On me fait signe de me servir. En assez peu de temps, je comprends qu'il va me falloir un certain moment pour manger à ma faim. Je crois que, même si j'y arrive, j'aurai encore l'impression d'avoir faim. J'imagine que c'est l'effet restant après que j'ai passé beaucoup trop de temps à mourir de faim. Je n'ai plus que la peau et les os, mais je mange toujours pour quatre. Ils me disent que si je veux rester avec eux il me faudra travailler, mais qu'ils veulent bien que je reste jusqu'à ce que j'aille mieux et soient en état de descendre la montagne. Oui, j'ai eu du mal à comprendre, mais vous savez, les mimiques cela fait des merveilles.

…

Je fais tout ce qui m'est possible et malgré le fait que c'est peu les moines se rendent compte que je m'efforce de travailler dur. Ils me font à tour de rôle des cours de leur langue et assez rapidement je comprends à peu près ce qu'ils me disent. C'est seulement bout de plusieurs semaines que j'ai assez de force pour réellement participer aux tâches quotidiennes avec eux. Deux jours après mon « rétablissement » un jeune du village arrive au temple par un chemin escarpé que je ne remarque que parce que je le vois arriver par là. Il vient apporter les prières des villages voisinent, des offrandes et de la nourriture ainsi qu'un journal. Il les dépose à l'entrée du temple et entre immédiatement voir le chef spirituel des lieux. Quand il revient, il m'approche et, dans leur langue, me dit quelque chose dont je ne comprends pas totalement. Quelque chose à propose de moi, le village et partir. Je lui demande s'il veut que je parte au village avec lui, mais je refuse en disant que je n'ai pas encore remboursé la dette que j'ai à ce temple. Il me dit que je suis la bienvenue de venir au village si je le veux. Je ne comprends vraiment pas pourquoi il me traite si gentiment, mais finalement je vais devoir accepter son offre à un moment pour aller retrouver mon père et Wolfine et pour aller m'excuser auprès de Delphine pour mon implication dans la mort de sa fille. Je demande au jeune homme s'il peut avoir un journal avec les informations du monde et il me dit que c'est déjà ce qu'il ramène, mais il faut attendre un à deux mois pour que le journal arrive au village.

Ce qu'en disent les médias

Je n'ai pas la moindre idée de ce que je m'attends à lire dans le journal, mais je garde tout de même un espoir totalement fou qu'il y aurait dedans une bonne nouvelle pour moi. J'aide depuis peu les moines et, plus je comprends leur langue, plus ils arrivent à me donner à faire. De plus ils m'ont corrigé, j'avais dormi seulement six jours et non six semaines. Puis ils m'expliquent enfin au bout de presque un mois ce qu'ils pensent m'était arrivé. Au moment de ma fuite du complexe, il y avait un début de tempête de neige et quand je me suis fait tirer dessus le blizzard était là. De fait je n'ai pas vu que j'étais au bord d'une infernale pente neigeuse et y suis tombé. La motoneige ne pouvant pas m'y suivre j'ai simplement glissé le long de la pente neigeuse et me suis retrouvé près d'un kilomètre plus bas dans un très sale état. Je n'y aurai pas cru s'ils ne m'avaient pas montré le lieu où ils m'ont trouvé : au bas d'une sorte de falaise neigeuse. Bien sûr, il n'y a plus trace de mon passage, mais je me rends bien compte que la chute a dû être longue. Je me dis par la même occasion que le tranquillisant avec lequel on m'a tiré dessus devait être horriblement puissant. Me garder endormi pendant aussi longtemps et après une telle chute c'est presque impossible.

Il ne reste plus qu'une semaine avant le retour du jeune du village et de fait l'apport des journaux. Ils en avaient apparemment un international qui arrive au village avec deux mois de retard, mais arrive tout de même. Je lui ai demandé de me prêter tous ceux des derniers mois qu'ils ont eus. Heureusement pour moi, il me regarde avec une forme de respect que je n'aurai pas attendue de personne et cela la motive à m'aider. C'est peut-être le fait que je suis vêtu de la même façon que les moines du temple. Tout ce que j'espère c'est que je n'aurai pas à lui raconter ce que je suis, car j'ai déjà eu beaucoup de mal à le dire aux moines dans leur langue que je ne maitrise pas du tout. La seule chose dont je suis certain est qu'ils ne me pensent pas réellement humain. Ils me voient comme un animal à forme humaine, mais je ne peux pas leur en vouloir pour ça. Après tout, j'ai des oreilles et une queue de loup, mes yeux sont très étranges et le pire de tout : j'ai une fourrure. C'est vrai, je ne peux pas leur en vouloir de me trouver étrange : je le suis.

Une semaine ça passe horriblement lentement quand on attend quelque chose qui va peut-être nous changer la vision du monde. Je me tue à la tâche et fais deux fois l'entrainement quotidien qu'ils m'ont donné : c'est leur propre art martial qui n'est enseigné aux étrangers que si les anciens l'autorisent donc je suis très honoré et essai de mon mieux de montrer ma gratitude envers eux. Non seulement ils m'ont sauvé la vie alors qu'ils auraient très bien plus me laisser mourir de froid, mais en plus ils me font entrer dans leur cercle de confiance. C'est vrai que je travaille d'arrachepied pour les remercier de tout ça, mais c'est tout de même remarquable qu'ils soient aussi gentils avec moi alors qu'à leurs yeux je parais être une créature étrange. En peu de temps, je fais bien plus que je ne le pensais et même mon apprentissage de leur langue devient presque un jeu tant c'est facile : peut-être est-ce que je retrouve mes forces et ainsi mon mental ? Je devrais pouvoir partir d'ici dans peu de temps, mais tout dépend de ce que me disent les informations. Seulement, j'espère vraiment qu'un attentat sur un ferry relève assez d'importance pour se retrouver dans les informations du monde et pas seulement locales, car sinon je n'en saurais rien.

Malgré l'attente qui me parait bien pire qu'interminable, je finis tout de même par voir arriver le jeune homme du village, il marche d'un pas plutôt assuré malgré le duvet de neige qu'il à travers duquel il doit se frayer son chemin. C'est impressionnant même de le voir arriver ainsi, comme si la neige n'était rien autour de lui. Je dis ça, car personnellement je suis incapable d'en faire de même. Dès qu'il me voit, il me fait signe et je le suis à l'intérieur de la grande pièce centrale du temple. Tous les moines se réunissent pour le remercier et le décharger de tout ce qu'il apporte pour eux. À moi il me tend un petit rouleau de journaux divers et tous écrit en chinois ou quelque chose qui y ressemble à mes yeux. De fait je ne peux en lire que les images : il n'y en a pas…

Demander l'aide au moine qui parle deux mots d'anglais me semble être la meilleure option et je lui demande simplement s'il peut chercher un article à propos du ferry. Il me dit qu'il n'y en a aucun, mais qu'il y a une recherche de personne qui apparait dans deux numéros consécutifs. Il y a même une sorte de rançon, un paiement à celui qui aurait des informations. Il me regarde et je comprends à l'expression de son visage qu'il a une nouvelle pour moi. Malgré le fait qu'il doit s'y reprendre par trois fois pour me lire l'article, car je ne comprends pas tout (un mot sur trois) je me rends vite compte de ce que c'est. Cette recherche et à mon sujet :

« Recherchons Falawk Iring Rogue, le premier hybride humain. À des oreilles et une queue de loup, une fourrure et des yeux en croix. Reconnaissable aussi à ses longs cheveux noir jet. Si information appelez le +XX XXX XXX XXX et demandez de parler a Arya. »

J'hallucine pendant un moment quand il me dit le nom Arya puis il me montre que c'est écrit en alphabet latin et là je ne peux plus douter. Je regarde le moine et il me sourit puis dit à ses confrères ce qu'il vient d'apprendre et ils ont tout le sourire aux lèvres. Ils me disent (du moins je crois comprendre) qu'ils sont heureux pour moi. On m'invite donc à décider quand j'aimerai partir et je leur demande s'ils considèrent que j'ai assez remboursé ma dette ou pas encore : on me répond que oui c'est bon. Un des moines demande au jeune du village de bien vouloir voyager avec moi jusqu'au village et ensuite de m'indiquer comment faire la suite du trajet. Je les remercie et, faisant de mon mieux, leur dit dans leur langue qu'ils sont de fabuleux moines et que leur secours ne sera jamais oublié. Une fois de plus, malgré notre difficulté à nous comprendre, c'est leur sourire qui me dit juste à quel point mes mots les touchent.

Qui aurait cru qu'après tout juste deux mois j'ai pu avoir une si bonne impression sur eux.

Après maintes et maints remerciements et un sac à dos avec deux changes de vêtements dedans je pars vers le village avec mon nouveau compagnon de voyage. J'ai le numéro à appeler écrit sur le bras à l'encre de Chine pour ne pas risquer de le perdre. Nous marchons pendant seulement deux kilomètres avant que le jeune homme ne s'arrête de me demande de l'attendre. Il part derrière un amas de pierres au bord du chemin et je crois qu'il avait une envie pressante jusqu'à ce qu'il réapparaisse avec une vieille luge en bois. Il y installe son sac et le mien puis s'assoit dessus et m'invite à en faire de même. Il me tend une corde et me dit de ne surtout pas lâcher. Je m'y agrippe donc et une seconde après commence notre folle course. N'ayant aucun repère de localisation dans cet univers blanc je ne sais nullement à quelle vitesse nous n'allons, mais une chose est certaine : c'est dangereusement rapide.

J'en ai eu suffisamment peur pour fermer les yeux et à mon grand étonnement quand je les ouvre nous somme à l'arrêt et entourés par des gens. Nous sommes déjà arrivés au village et moi dans toute ma frayeur je n'ai même pas remarqué. Les gens qui nous regardent me fixent d'un œil particulièrement critique. L'un des hommes du village me tend la main et m'aide à me relever de la luge et dès que je suis debout certains des villageois me font un petit signe de tête et à nouveau c'est mes habits qui jouent un rôle important. Le fait d'être habillé tel un des moines du temple semble me donner une crédibilité que je n'ai jamais réellement méritée. C'est bien pour ça que plus ils m'observent plus je me sens mal à l'aise. Une femme m'approche et me regarde de haut en bas et dit un simple mot, mais qui change l'attitude de tous ceux du village « Falawk » ? Mon prénom, ils ont donc lu l'article et m'ont reconnu, que devrais-je attendre d'eux à présent.

On m'invite à dormir au village et repartir le lendemain à la première heure pour pouvoir avoir le temps d'accéder à la première route et ensuite au prochain village un peu plus large. Il est à près de quarante kilomètres et contrairement à la route du temple ce n'est pas que de la décente donc la luge ne peut pas être mon seul moyen de transport. Malgré tous les regards étranges, on me nourrit et ils me prêtent un des lits servants aux moines quand ils partent en voyage. À peine allongée, je m'endors et ne me réveille que le lendemain à l'heur prévu de mon départ ce qui ne le décale que de quelques minutes. Je suis prêt à partir cinq minutes après mon réveil. À nouveau, mon compagnon de voyage me rejoint avec sa luge et un sac à dos. Cette fois si, je remarque que son sac est plus lourd et qu'il en a un autre attaché déjà à la luge. Il m'explique que comme je dois descendre au prochain village lui en profitera pour ramener deux ou trois courses de l'autre village.

Le voyage se fait plutôt bien malgré les moments où on est obligés de tirer la luge sur plusieurs kilomètres et on traverse la « route » peu de temps après midi. Je lui demande à quoi elle sert et il m'explique que c'était un projet de route ayant pour but de traverser les montagnes, mais qui n'a jamais abouti. Pour cette raison, il y a un morceau de route qui monte de la ville et sillonne une partie de la montagne, mais ne va nulle part. Nous devons à nouveau tirer la luge un moment puis on repart vers le village en empruntant un chemin presque direct. Nous traversons des parties de route de temps à autre et arrivons au village en fin d'après-midi.

Ils ont ici l'électricité et aussi un téléphone, un seul, mais ils en ont un tout de même. À nouveau, on me regarde avec étonnement et parfois respect dû à mes habits de moine. Mon compagnon de voyage leur explique qui je suis et après que la moitié du village m'a observé on m'invite à utiliser le téléphone.

Plus jamais seul

Falawk n'a pas eu à faire plus que donner son nom et il était directement mis en relation avec Arya. Le simple fait de la savoir en vie lui a redonné suffisamment d'espoir dans la vie pour qu'il ait l'énergie de lui demander de venir le chercher, car il n'a aucune idée de là où il est en ce moment. Arya qui n'arrive même pas à le croire en vie et Falawk qui n'arrive pas à la croire en vie prennent la majorité du temps de l'appel. Ceci dit, Falawk lui dit de demander à Wolfine de tracer l'appel, car il n'a pas une adresse précise mise à part le nom du village. Et dites-vous une chose : les petits villages dans l'Himalaya ne sont pas répertoriés sur les GPS. Ne pouvant pas appeler longtemps au vu du prix de l'appel en question ils doivent mettre fin à leur conversation assez rapidement. Heureusement, l'essentiel est passé : on vient le chercher par tous les moyens possibles.

Le village l'autorise à rester le temps que sa famille arrive jusqu'à lui et une chose est sûre ils ne s'attendent pas à les voir débarquer dès le lendemain. Morts de fatigue due au voyage difficile Arya, Wolfine et Jack Rogue arrivent au village de Shïrïng'là dans un tout terrain conduit par un militaire mongolien. Ils débarquent sur l'espèce de « route » à moitié oubliée et finissent le reste du chemin à pied à travers la neige en courant malgré la fatigue. Quand ils arrivent, tout le village est ébahi en constatant qu'Arya et Wolfine sont aussi hybrides.

Falawk lui est bien étonné de voir Wolfine ainsi, et son étonnement se lit sur son visage à tel point qu'il pourrait manger des mouches s'il y en avait. Dès qu'ils sont dans le périmètre du village, Arya et Wolfine se font rejoindre à mi-course par Falawk qui les soulève toutes les deux dans ses bras dans une étreinte alimentée par l'amour et le manque. Son père ne tarde pas à se joindre à eux et sert son fils comme jamais avant.

- « Mon fils, je croyais t'avoir perdu à nouveau ! Si peu de temps après t'avoir retrouvé, voilà que tu subis un enlèvement. Comment vas-tu ? » Demande Jack

- « Ça fait combien de temps, je n'en ai aucune idée et ils ne mesurent pas les jours comme nous ici. »

- « Presque un an, à trois semaines près ça faisait un an. Tu avais été déclaré mort il y a déjà plus de cinq mois. Il fait horriblement froid, tu veux bien que l'on entre quelque part ? »

- « Je vais demander si on peut emprunter la salle commune. » Dis Falawk avant de demander au chef du village, dans sa langue, si ce serait possible. On les y invite et leur apporte du thé pendant qu'ils discutent. Falawk leur fait le récit complet de sa captivité pendant ce temps.

- « Tu parles le Mongolien toi ? C'est nouveau ! » dit Wolfine après avoir écouté le récit que son frère a dû leur faire une fois dans la salle.

-   « Non, mais je sais dire les quelque chose qu'il me faut pour communiquer avec eux et je fais un nombre incalculable de fautes ». Dis le jeune homme en souriant à sa sœur.

Falawk ne peut s'empêcher de détailler du regard sa sœur et sa petite amie sous leurs nouvelles formes hybrides. Surtout Arya qui lui ressemble beaucoup mise à part qu'elle a un pelage presque roux. Elle est magnifique ! Tout simplement c'est tout ce qu'il peut en dire. C'est tellement génial à ses yeux qu'il ne peut détourner le regard de celle qu'il aime pendant une bonne et longue minute. Puis vient le tour de sa sœur ; elle n'a pas autant de ressemblance que ça avec ce à quoi il s'attendait. Elle a des oreilles félines et des canines un peu plus longues que la norme ; elle a les mêmes yeux que lui par contre et sa queue est toute aussi touffue que celle d'Arya, mais d'un noir profond qui se découpe bien contre la neige. Et il faut noter que, contrairement aux deux hybrides Rogues, Arya n'a pas la moindre écaille.

Le militaire s'impatiente suffisamment pour les remettre en route très peu de temps après leurs retrouvailles. Jack donne, en remerciement, au village et au jeune homme compagnon de voyage de son fils, ce qu'il a en monnaie mongolienne avec lui sans même vérifier la valeur. Quand il tend la petite liasse de billets vers le chef du village celui-ci le regarde avec de gros yeux. Le militaire en est obligé de dire à Jack qu'il est en train de donner à cet homme suffisamment d'argent pour acheter une maison dans le village. Mr Rogue lui dit que ce n'est rien en comparaison à la récompense qu'il offrait à celui qui avait des informations sur son fils.

Ils finissent par partir du village au bout d'encore cinq minutes de débat au sujet de l'argent. Finalement, c'est Jack qui eut raison des villageois en disant qu'aucune somme ne vaut la vie de son fils. En voiture le long de la route sinueuse, il aide son fils à rattraper le retard d'informations qu'il avait. Falawk ayant été coupé du monde pendant si longtemps ne sait presque rien des évènements récents : les attentats de Paris entre autres. Leur chauffeur conduisant assez rapidement ils arrivent à la ville en moins d'un heur et de là ils prennent un hélicoptère jusqu'à l'aéroport de la capitale. Les moyens mis en œuvre par son père impressionnent Falawk, car après deux heures et demie de vol ils se posent à l'aéroport montent dans la salle d'embarquement pour prendre un vol vers Londres.

C'est durant leur vol, presque vide, en première classe, que Falawk leur raconte tout ce qu'on lui a fait subir cette fois et son père enregistre le tout sur un dictaphone et Wolfine et Arya prennent des notes. Arya étant, comme lui en théorie, en études de communications elle essaie au mieux possible d'appliquer son cours de journalisme et quand il a fini son monologue lui pause toutes les questions auxquels elle pense. Elle lui promet d'écrire un article de taille bien raisonnable sur les nouveaux actes de Cross-Gen dès qu'ils seraient arrivés. Au vu de leur temps de voyage restant, ils décident de tous dormir un peu, car ils auront beaucoup à faire dès leur arrivée.

Enfin arrivé à Londres, Mr Rogue appelle la BBC et leur annonce le retour en terre britannique de son fils. C'est leur fameux « premier hybride » et on lui demande immédiatement de venir au studio. Les Rogues et Arya vont donc en direction du studio de BBC 1 en plein centre de Londres et dès qu'ils sortent de la voiture on les accueils à coup de flash d'appareilles photos. Falawk toujours vêtu de son habit de moine se sent plutôt gêné devant toutes ces caméras. Déjà qu'il se disait que son père avait sorti les gros moyens pour le retrouver, mais qu'il y ait autant de journalistes réunis montre très bien que ce n'est pas juste son retour qui est important. On essaie de leur poser des questions, mais son père force le passage et entre dans le studio ouvrant le chemin pour ces enfants.

Une fois dans le studio les choses ne se calment pas vraiment, mais c'est déjà mieux que dehors. On les invite à entrer dans le « live room » où on va interviewer Falawk devant tout le pays et ensuite son père et sa sœur ainsi qu'Arya.

Le tout fin prêt ils ont droit au petit décompte puis ils sont sur l'antenne :

- « Bonjour à toi Mr Falawk, et à vous aussi Mr Jack, Mme Wolfine et Mme Arya. » Dis le présentateur.
- « Bonjour à vous, monsieur, et bonjour à ceux qui nous regardent. » Réponds Falawk.
- « Votre présence ici confirme donc que vous êtes en vie. Pouvez-vous nous résumer ce qui vous est arrivé ? »

- « Oui bien sûr, je vais simplement me permettre de ne pas vous raconter les parties qui pourraient choquer l'audience si cela ne vous dérange pas ?
- « Non, non, bien sûr dites-nous ce que vous pouvez ce sera déjà très bien ! »

Falawk fait donc un résumé de ce qui lui est arrivé depuis l'enlèvement sur le ferry, la torture avec beaucoup de détails en moins et ensuite sa fuite. Il raconte en détail la fuite, le fait qu'on lui a tiré dessus et qu'il ne s'est réveillé que six jours après dans ce temple. Il raconte son temps là-bas puis son retour a là « civilisation ».

- « Sacré périple ! Et de fait, savez-vous à présent ce qu'est cette fameuse clé pour laquelle on vous a fait subir tout cela ? » Reprends le présentateur.
- « Absolument aucune idée, c'est ce que je leur avais dit, mais la torture était bien plus amusante que de me laisser partir. Ils ne voulaient pas avouer leur défaite.
- Et êtes-vous sûr de ce que vous dites au sujet de leur localisation ?
- Malheureusement non, je ne peux pas être précis, car je n'ai pas la moindre idée des distances qu'il y avait entre chaque chose due à toute la neige.
- Et vous dites que vous n'aviez pas non plus de notion du temps, pourquoi ?

- On ne me l'indiquait que pour me déranger, c'était évidant, car ce n'était jamais précis. Quand j'ai demandé la lecture de l'article de journal, j'étais si étonné que je n'ai pas pensé à demander la date de publication et quand finalement j'ai eu une information de date elle ne correspondait pas du tout à un système de datation que je connaissais.
- Je vois, et du coup vous aviez l'impression que cela faisait combien de temps ?
- Plus d'un an. Après il faut dire que je comptais en fonction des séances de maltraitance plus qu'avec un calendrier.
- Et pouvez nous dire un mot de ce que vous allez faire à présent ?
- J'espère bien aller à la fac et faire des études comme un adolescent normal à mon âge. » Il dit ça, mais n'a même pas vérifié s'il n'avait pas pris un an entredeux.
- « Effectivement ce serait le plus normale et surement le plus raisonnable pour une personne de votre âge. Et pour Cross-Gen vous prévoyez quelque chose ? »
- C'est Jack Rogue qui répond « Oui je vais leur faire passer l'envie de s'en prendre à mon fils !
- Et vous allez vous y prendre comment ? Le centre en France est encore sous leur contrôle que voulez-vous faire ? » Demande, étonné, le présentateur.

- « Nous allons rechercher le lieu où ils ont retenu mon fils et en donner la localisation aux militaires locaux. Ils auront peut-être plus de chance qu'en France.
- Et, une dernière question pour clore cet entretien : avez pour but de rendre publique l'hybridation ?
- Ce n'est pas prévu, mais j'ai créé un site web où il est possible de me formuler une demande écrite pour devenir hybride. Ceci dit, je n'accepterai pas tant que ce ne sera pas reconnu et que les hybrides n'auront pas les mêmes droits que tout le monde.
- Je vois, et bien merci pour votre temps messieurs et mesdames.

Ils sortent de la pièce laissant l'homme finir sa présentation et se dirigent vers la sortie. On les escorte jusqu'à leur voiture, car, devant le studio, l'attroupent est un peu trop grand à leur gout. C'est seulement quand ils sont en route qu'ils osent reprendre leur souffle. Ils ont bien les moyens d'éviter tout ce raffut, mais on les suit d'un peu trop près. Jack dit aux jeunes qu'ils vont devoir faire un arrêt de plus aux bureaux d'Interpol.

Une fois sur place, on demande à nouveau à Falawk de raconter son périple, mais cette fois avec le plus de détails possible. Le pire est quand on lui demande de décrire en détail les séances de torture et qu'un clerc note tout. On lui dit que plus il y a de détailles plus ils auront de légitimité quand ils vont lancer le mandat. Le premier mandat était pour maltraitance d'enfants et expérimentations scientifiques forcés. Celui-ci est pour crime contre l'humain donc peine maximale. La personne d'Interpole qui s'occupe du cas des Rogues demande aussi s'ils vont créer d'autres hybrides. La réponse est simple : "Si Cross-Gen a la clé, il y en aura bientôt beaucoup plus qui vont apparaitre de toute façon. Mais vu que mon fils ne sait pas ce que c'est, je doute qu'eux le sachent."

Quand il a dit ça, leur réaction est plutôt rigide : ils en appellent à faire un colloque et demandent que Mr Rogue ne fasse pas plus d'hybrides tant que ce risque ne sera pas levé. Une fois qu'ils ont enfin réussi à reprendre la route, c'est dans une atmosphère bien moins tendue et Arya a enfin le temps de faire rattraper son retard à Falawk.

- "Bon par où commencer. Le ferry, ça te dit ?
- Oui c'est parfait, car étant donné que tu es en vie j'imagine qu'il n'a jamais explosé ?
- Non du tout, tu es allé aux toilettes alors que j'étais encore à moitié endormie et tu n'es pas revenu. Je me suis rendormie jusqu'à l'arrivée et quand tu n'étais toujours pas là j'ai eu peur. J'ai demandé aux agents de sécurité à bord s'ils t'avaient vue, mais leur réponse fut négative. Nous sommes tous descendus du ferry et ils ont fait une annonce pour toi, mais en vain.
- Quand tu dis assommé, que veut-tu dire par là ? Tu aurais pu te défendre non ?" Demande Wolfine

- Pas après un coup de tazer dans le bas du dos. J'ai entendu un bruit en sortant des toilettes et je n'ai même pas eu le temps de dire ouf que je sentais la décharge.
- Et après ça tu t'es réveillé quand ? » Reprends Arya.
- « Seulement une fois arrivé à leur centre dans les montagnes. Je ne me souviens de rien entre ces deux évènements donc ils m'ont surement drogué. »

De cette façon Falawk leur raconte tout le périple, mais pas les mêmes détails que ceux qu'ils avaient eus avant. Cette fois c'est au sujet de son escapade qu'on lui pose le plus de questions. Au bout du compte c'est le père de Falawk qui fait la conjecture la plus précise de la localisation du complexe, mais même lui n'arrive pas à être assez précis.

Une fois arrivé à leur domicile en Écosse quelques heures plus tard, Falawk demande à son père de ne pas cuisiner avec de l'huile, car depuis sa nouvelle captivité il n'arrive pas du tout à en digérer. Jack le regarde avec un des regards type « Et je suis censé te la cuire comment ta viande sans huile ? ». Et là sans avoir la moindre seconde du débat culinaire Arya propose l'idée la plus loufoque du moment : cuire le steak au grille-pain. « Mais oui, c'est comme un barbecue ! » S'exclame-t-elle à la suite des regards des Rogues.

Au final leur débat culinaire mène à de véritables expériences des plus insolites : cuisson de steak au grille-pain, fonte de chocolat au bain-marie dans une théière… Le plus étrange de tout est que malgré la bizarrerie de leurs essais tout fonctionne au mieux. Eh oui même les steaks au grille-pain, mais celui-là je ne le conseille pas franchement : c'est risqué et salissent. Le repas n'en est que plus étonnant et une fois un bon diner dans le ventre ils partent se coucher non sans passer par la case Arya, Wolfine et Falawk dans un bain. Retrouvailles après un an et aucune habitude est pour autant perdue : la salle de bain fini très rapidement trempée.

Le lendemain après leur réveil, Jack demande aux trois adolescents de le suivre et ils montent au laboratoire familial. Pourquoi aussi tôt le matin ? Pourquoi leur père a-t-il l'air si fatigué ? Falawk ne le sait pas. Quand il leur dit qu'il ne veut plus jamais perdre ses enfants, eux ne comprennent toujours pas. Tout devient évidant quand il leur demande de lui tendre un bras : il y injecte une petite puce GPS sous-cutanée. « Ainsi on ne pourra jamais vous l'enlever ! » Leur dit-il avant de les guider vers un bon petit-déjeuner.

À table, tout le monde évite de parler des évènements de l'année qui vient de passer ; tout tourne donc autour des études et de la rentrée prochaine. Falawk n'aura aucun mal à rattraper le retard qu'il a pris, mais la question lui est tout de même posée, car on ne sait pas du tout de quoi il est réellement capable. Lui-même ne le sait pas après tout donc c'est tout à fait normal que sa famille n'en ait pas la moindre idée. Arya lui propose de prendre ses notes de première année et de passé en AJAC et ainsi ne pas avoir besoin de prendre du retard. Il l'en remercie et demande quelles unités d'enseignements elle avait prises l'an passé.

- « J'ai surtout pris tout ce qui est autour de la publication et de l'édition. Est-ce que ça t'ira et es-tu encore certain de vouloir cette formation ?
- Oui et oui. Ce sont des unités intéressantes donc je pense pouvoir m'y faire facilement. Bien sûr que je le veux, après tout je veux apprendre tout ce que je peux sur l'écriture et la communication. Mon but reste de devenir auteur après tout.
- Oui c'est vrai, tu me l'avais dit. Il y aura des cours spécifiques d'écriture en deuxième année donc tu seras vraiment servi. Et toi Wolfine ? Tu comptes faire quoi ? J'imagine qu'un an sabbatique a dû te suffire.
- Effectivement, je vais reprendre là où je me suis arrêtée, c'est-à-dire faire une licence en physique et chimie. Par contre je vous laisse à votre France moi je veux aller à l'université d'Édimbourg. » Réponds la concerner.
- « Et dit moi petite sœur, tu comptes faire commet pour dissimuler ton âge ? Déjà que moi je risque de ne pas être exactement populaire. » Demande Falawk.
- « Je ne compte pas le cacher justement, j'ai 16 ans et j'en suis fière. » Réponds Wolfine tout sourire.
- « Et bien nous ferons bien de nous y préparer. Arya et moi devons encore régler la question du logement sur place.
- Et dites-moi les enfants vous avez pensés au risque que représente encore Cross-Gen pour vous ? » Demande Jack toujours pragmatique en papa protecteur.

- « On fera toujours très attention et en plus de ça avec la nouvelle vedette qu'on obtint nos qualités d'hybrides on ne risque pas d'être ignoré. » Réponds son fils.

- « Effectivement, tu marques un point et il ne faut pas oublier qu'Interpole a créé une division anti-Cross-Gen. Si vous êtes certains de savoir rester en sécurité, je vous laisse faire, mais par contre je vais chercher votre futur logement. » Dis Jack mettant ainsi fin au débat.

La rentrée universitaire

Une fois que nous avons réellement tout prêt et que nous sommes en route pour notre nouveau logement, la voiture chargée et nos cernes tombants au sol, là seulement papa nous dit où nous logerons. C'est dans une ville à quelques arrêts de Transilien de la ville où se situe l'université : Ermont. Arya avait logé ici l'an passé et mon père nous a trouvé un « chouette endroit » dans cette même ville. Il ne voulait pas nous en dire un mot de plus, car ça devait être une surprise d'après lui. Le pire c'est que comme nous l'avons laissé faire nous n'avons pas la moindre idée de là où nous allons. Il nous accompagne depuis la maison en Écosse jusqu'à notre futur chez nous. Delphine doit nous y attendre, car apparemment nous mangeons tous ensemble ce soir dans un restaurant que maman aimait beaucoup. Dommage qu'elle ne soit plus là pour nous expliquer pourquoi…

C'est seulement après encore une bonne heure d'autoroute que nous allons arriver et pourtant je suis certain que même si près du but papa ne craquera pas. On n'en saura pas un mot de plus avant d'être devant la porte de l'endroit en question.

Finalement avec la quantité horrible de bouchons en ce jeudi de fin de vacances scolaires, nous arrivons une heure et demie plus tard que prévu, mais l'attente en valait vraiment la peine. Quand papa s'arrête devant une maison qui parait avoir au moins deux siècles et qu'il nous dit que c'est notre nouveau chez nous, je n'en crois pas mes yeux. Je savais qu'avec lui il fallait s'attendre aux grands moyens, mais je n'aurais pas pu m'attendre à ce qu'il nous trouve une chambre dans une telle propriété.

- « Du coup on est à quel étage ? Et ils sont sympas les propriétaires ? » demande Arya d'une petite voix qui montre bien qu'elle aussi est étonnée.

- « Alors les propriétaires sont très sympas, franchement moi j'ai adoré tout le temps que j'ai passé avec eux. Et en ce qui concerne l'étage : vous avez le choix premier ou deuxième. » Réponds papa.

- « C'est génial, et ils ne sont pas là ? » Je demande.

- « Bien sûr que s'ils sont là, à côté de moi ! » S'exclame papa en souriant.

- Je n'y comprends rien de fait je lui demande : « Comment ça à côté de toi, il n'y a que nous.

- Exactement mon fils, exactement ! » Il me sourit, fouille dans sa poche et me tend un petit trousseau de clés.

- « Ne me dis pas que tu l'as acheté ? » L'interroge Wolfine qui jusque-là n'avait pas dit mot.

- « Et bien si figure toi, car sinon je ne pouvais pas leur installer un bon système de sécurité. De toute façon ta maman aurait toujours voulu habiter dans ce genre de maison donc quand je l'ai vu j'ai craqué. »

Je n'en crois pas mes oreilles. J'oublie toujours à quel point mon père peut dépenser quand il trouve que c'est justifié. C'est vrai qu'il peut se le permettre, mais ça parait le plus souvent être totalement déraisonnable et fou. Quand Delphine sort et embrasse sa fille, je me rends tout de suite mieux compte du fait que cet endroit est réellement notre nouveau chez nous. Et bien plus qu'être juste notre nouveau chez nous, si je travaille bien dur peut-être pourrai-je racheter cette maison à papa plus tard ? Cela ferait pour Arya et moi un vrai petit chez nous. Enfin je dis petit, trois étages et une petite tour rattachée au côté gauche : ce n'est pas exactement petit. À l'inverse de notre maison en Écosse qui est bien rectangulaire, celle-ci est toute sauf uniforme. Delphine nous invite à l'intérieur et là surprise : des camarades de classe de lycée d'Arya sont ici pour nous accueillir. Tous là pour me souhaiter la bienvenue en France, vivant, sain et sauf. C'est touchant de savoir que ces gens qui ne me connaissent que très peu ont fait tous ces efforts justes pour moi.

Nous dinons tous ensemble ce soir-là et ne nous couchons que très tard. Il y a quatre chambres par étage. Même avec celle que papa a reconvertie en bureau pour nous, cela en laisse sept. Ainsi, tout le monde dort à la maison ce soir-là. Arya et moi avons la chambre de maitre que nous partageons, à l'occasion, avec Wolfine. C'est tellement bien de pouvoir passer du temps avec ceux que j'aime de cette façon. Et bien au-delà de cela, il y a surtout le fait qu'ici je vais vivre avec Arya et nous serons « chez nous ». C'est vraiment excellent que l'on ait notre endroit à nous. Je ne pourrai jamais assez remercier mon père.

Le lendemain, tout se passe si vite que je ne peux même pas tout dire en détail. Mon père à organiser son voyage pour que lui et Wolfine aient le temps de repartir en Écosse. Ils ont besoin d'installer Wolfine à la capitale. C'est seulement quand il ne reste plus que Delphine à la maison avec Arya et moi que je me rends compte du vide que ça fait quand tout le monde est reparti. Elle nous aide avec nos papiers pour la fac puis promet de venir nous visiter en fin du mois de septembre et repart en Normandie. Nous avons encore deux jours avant la rentrée officielle donc Arya me montre tout ce que je dois savoir en matière de placement de différentes salles de cours et toutes ces choses-là. Étant donné que je ne vais pas avoir exactement les mêmes horaires de cours qu'elle, c'est bien pratique de savoir où je dois me rendre pour aller en classe. Malgré tout, cela ne nous prend qu'une petite heure. Nous nous rendons donc à la bibliothèque de l'université et, tout en essayant de nous faire discrets, nous reprenons les cours de l'an précédent pour être surs d'être à jour.

Deux jours plus tard :

La rentrée officielle est là. Nous sommes tous en train d'attendre dans un des grands amphithéâtres que le directeur de l'UFR nous fasse son discours de bienvenue en deuxième année. Arya et moi sommes sous le regard de beaucoup, mais je me rends vite compte que ce n'est pas seulement à cause de notre hybridation, car nous avons fait des efforts pour le cacher. Non, ces gens sont au courant du risque qui plane sur nous et à leur façon nous portent assistance. C'est vraiment super de savoir que même des gens à qui on ne parlera peut-être jamais nous gardent à l'œil juste au cas où il devait nous arriver quelque chose.

Le directeur de L'UFR arrive enfin, s'excuse de son quart d'heure de retard puis commence son mot de bienvenue. Il nous rappelle toutes les règles majeures de l'établissement et nous demande d'être vigilant suite au risque terroriste. En effet depuis les attentats au Bataclan toutes les universités de Paris sont en état d'alerte maximal. Cela arrange parfaitement notre cas, car de fait tout le monde est doublement vigilant au quotidien ce qui retire un certain taux de risque. Étonnamment, rien n'est dit au sujet des deux hybrides dans la salle, mais c'est légèrement sous-entendu quand le directeur évoque l'interdiction formelle à la discrimination raciale.

Notre premier cours a lieu dans ce même amphithéâtre dans trois quarts d'heure donc presque personne ne sort. Faisant ainsi partie de ceux restés là à attendre, Arya et moi nous faisons vite entourer par des curieux. Ils veulent nous voir de plus près et quelques personnes veulent réellement nous adresser la parole. Certains me souhaitent la bienvenue parmi eux et me demandent si je vais bien après l'année d'enfer que je viens de passer. Que dire de plus : ils sont géniaux les humains quand ils n'ont pas envie de te tuer. Le temps passe vite quand on s'amuse et voilà déjà notre enseignant qui entre pour notre premier cours de cette année universitaire.

Pour un cours sur les méthodes de communications (cours que je ne trouvais pas super quand je lisais les notes), il démarre très bien. Je suis même étonné quand il ne se présente qu'en deux mots et nous demande à tous de bien vouloir aller sur la plateforme d'enseignement en ligne où il nous a déposé tout ce dont on aura besoin ce semestre. Heureusement pour lui tout le monde dans la salle a un ordinateur de sortie. Arya et moi-même sommes fournis par mon père donc je n'ai absolument aucune idée de ce que cet ordinateur peut réellement faire. Nous avons tous les deux des portables d'une marque que je n'avais jamais vue, mais il ne faut pas s'y fier, car ce sont de vraies bêtes. C'est évidant qu'il y a mis sa patte quant au moment de démarrer il nous faut nous identifier avec emprunt digital et un code dans la langue familiale. Il nous avait tout expliqué au moment de nous les donner il y a plus d'un an, mais j'ai quelque peu oublié. Prenant ainsi du retard je demande vite fait à Arya de me connecter, car je ne me rappelle pas du code et elle me dit simplement que c'est le mot pour loup blanc dans mon cas : « Cros sim'r ». Pas exactement compliqué c'est sûr, mais qui penserais à ce genre de code. Qui plus est, ces mots ne sont dans aucun dictionnaire. Enfin cela dit je suis heureux que la connexion internet de la FAC ne soit pas mauvaise, car sinon je n'aurai jamais pu arriver à temps sur la plateforme. Une fois tout le contenu de cours téléchargé et que l'enseignant est certain que tout le monde a le nécessaire il nous présente le module et nous donne ensuite un temps pour lire son cours.

En tout, la plupart de nos cours sont ainsi préparés : ils aiment bien utiliser la plateforme ici. En attendant la fin des cours, je prends le temps de lire tous les documents en entier et me rends vite compte que je n'aurai absolument aucun mal à tout apprendre très rapidement. Mes enseignements optionnels sont au nombre de deux et les deux sont à propos de l'écriture. Pour l'un, notre enseignant nous demande directement d'écrire un article ou deux par jours et il en sélectionnera pour le quotidien de l'université. Je me plais vraiment beaucoup dans cette formation et une fois de plus je suis étonné à voir le peu de gènes que mon hybridation cause réellement.

Il y a toujours les curieux, les occasionnelles : « je peux toucher tes oreilles » et autres de ce genre, mais rien d'autre de trop étrange. Le mieux pour moi est surtout le fait que les enseignants semblent penser que, tant que je travaille assez dur, je reste un étudiant des plus normaux. Malgré tous nos efforts, Arya et moi avons beaucoup de cours différents ce qui fait que, trois jours sur cinq, nous finissons à des horaires différant.

En attendant qu'Arya finisse les cours, je pars regarder la liste des sports au gymnase et un en particulier m'a l'air vraiment bien : l'escalade. Je pourrai faire des ravages sur un mur avec mes habilités d'hybride. Il y a aussi un cours d'acrobaties urbaines ce qui me parait être un bon complément à l'escalade. Malheureusement, le sport ne commence que dans deux semaines donc pour l'instant je ne peux pas en faire. Pour passer le temps je fais mes devoirs et, à peine ais-je allumé mon ordinateur que j'ai un appel vidéo entrant dessus : c'est Wolfine.

- « Salut grand frère ! Comment vas-tu ? » Je ne reconnais pas le fond de là où elle est donc ce doit être dans son logement à la capitale écossaise.
- « Salut petit chat, je vais bien et toi ? » Petit chat, car elle a de l'ADN félin en majorité donc un chaton c'était la plus proche comparaison et elle aime que je l'appelle ainsi.
- « Comment était ta première journée de cours ? Pas trop ennuyeux ? » À sa façon de me demander, je comprends bien que pour elle cela devait être très ennuyeux.
- « Non ça va, franchement il y a beaucoup de choses intéressantes à apprendre et j'aime bien. Et toi ?
- Je suis en train de voir quelles formations il y a près de là où vous êtes, car ici ce n'est vraiment pas chouette du tout. Tout le monde me snobe, car je suis toute petite et même s'ils ne savent pas mon âge ce n'est pas facile d'être aussi jeune parmi tous ces faux génies. » Elle dit ça presque avec des larmes aux yeux et juste à ce moment papa demande d'entrer en mode-conférence avec lui.
- « Bonsoir, les enfants, vous allez bien ? » Nous demande-t-il.

- « Wolfine n'aime pas l'ambiance de son université donc elle va venir en France me rejoindre à Paris. » Je dis sans trop réfléchir à mes mots et petite sœur semble étonné de ma façon de simplement exprimer ça.
- « C'est vrai ça Wolfine ? Je croyais que tu ne voulais pas aller en France, car c'est trop près de là où il y a le centre Cross-Gen.
- Oui papa, c'est vrai que j'avais cette raison, mais je serais avec Mirow et Arya donc je ne risque pas tant que ça. Et ils ont une ambiance bien meilleure qu'ici. Il me suffit d'entrer dans l'institut Galilée qui est tout prêt. » J'adore sa façon de dire cette phrase comme si ce serait d'une simplicité enfantine. Ma sœur et sa confiance indomptable…
- « Et bien fait donc Wolfine je viens te chercher d'ici une heure. » Une heure c'est le temps que l'on met pour aller de chez nous à la capitale donc papa doit être en mobile. C'est génial depuis qu'il a accepté de faire installer un répéteur téléphonique près de la maison il y a toujours une connexion internet.
- « Vous allez arriver quand du coup ?
- Dans la journée de demain, tu veux bien basculer le système de sécurité en mode famille avant de partir demain matin ? » Demande papa. Le mode famille veut dire que nos familles peuvent entrer dans la propriété alors qu'en temps normal seul Arya et moi-même le pouvons.

- « Je ferai ça oui, pas de souci. Arya vient de finir les cours donc je vous dis à demain. Je te prépare ta chambre Wolfine. » Et à ces mots je me déconnecte de l'appel pour m'en aller rejoindre Arya.

Quand je lui annonce que ma sœur va nous rejoindre, elle est tout de suite surexcitée et, alors qu'on prend le train pour rentrer, me demande si nous pouvons aller chercher de quoi faire un gâteau. Nous allons donc faire une petite course sur le chemin du retour. Une fois à la maison, c'est la pagaille qui règne. Préparer une chambre pour une invitée c'est une chose, mais quand il s'agit de ma petite sœur et bien j'aime bien en faire largement trop. Pour cette raison je déplace les meubles d'une des chambres ayant des couleurs plus près de ceux qu'elle aime. Je fais le plus possible pour rendre sa chambre pratique, mais à la fois studieuse. Arya m'aide grandement, car je ne suis pas très bon en logique d'intérieur : pour moi s'il y a lit, bureau et chaise tout va pour le mieux. Le pire c'est qu'en toute logique c'est le cas, mais en ce qui concerne ma sœur et bien heureusement que cette chambre est grande. On lui installe un petit nid d'oreillers dans un coin avec assez de lumière pour y lire même si je pense qu'elle aimera surtout y piquer des sommes. Nous préparons le mieux possible sa chambre avant d'aller cuisiner le diner et de préparer le fameux gâteau de bienvenue pour Wolfine.

C'est seulement au bout de plusieurs heures que le gâteau est fin prêt. En forme de pelote de laine : la décoration nous a pris le plus de temps. Même si je suis certain qu'elle va aimer ma sœur risque bien de tirer la tête à toutes nos allusions à son côté félin.

Plus on est de…

Dès son arrivée à la maison le lendemain Wolfine dépose ses affaires et repart de suite pour l'université. Elle tient son frère au courant depuis le matin même par message. Dès qu'ils étaient arrivés en France pour être plus précis. Comme Arya et son petit ami sont en cours, ils ne peuvent pas accueillir la nouvelle venue à la maison. Pour cette raison elle les rejoint directement pour manger à midi. Mr Rogue père a dû repartir, car il a une conférence de prévue en Suisse dans la soirée.

Une fois arrivé à l'heure du repas les trois jeunes se rejoignent dehors, car il fait encore largement assez beau en ces débuts du mois de septembre. Imaginez donc ce que cela peut donner d'avoir les seuls trois hybrides de la planète réunis sur cinq mètres carrés de pelouse en plein dans une université : c'est légèrement chaotique. De plus, au grand étonnement de l'homme-loup, beaucoup ici se souviennent encore de la chanson qu'il avait chantée sur le ferry il y a pourtant un moment. Falawk se promet, à entendre qu'il a quasiment un fan-club, de ne plus jamais chanter au clair de lune en public ! Lui qui a toujours prisé sa discrétion dans les milieux éducatifs c'est plutôt évidant qu'à présent ce ne sera jamais possible. Enfin si ce serait possible : si tout à coup il y avait des hybrides partout… Ce qui ne risque pas d'arriver : ils vont donc rester fichés un bon moment. Arya c'est une chose, ses camarades sont habitués à son hybridation, mais à présent ils sont trois. Donc trois fois plus de regards sur eux.

Wolfine raconte les grands traits de son inscription et ses premiers courent. C'est évident qu'ici aussi les gens ont du mal avec elle, car elle est évidemment plus jeune que le reste de sa classe de quelques années. Elle assure tout de même que tout se passe très bien pour elle et qu'il n'y a nul besoin de s'en inquiéter. Elle a déjà son partenaire de laboratoire et d'après ces mots il est beau garçon. Elle ne se dérange vraiment pas la petite Wolfine. En tant que grand frère naturellement protecteur, Falawk lui dit juste que si ce garçon lui fait du mal il aura des ennuis. Ce qui, avec toutes les modifications qu'ont eu lieu sur le corps du jeune loup, est une sérieuse menace pour lui.

Wolfine rigole à la menace et dit qu'elle est bien assez capable de se défendre toute seule. Arya dit aux deux Rogues qu'ils feraient bien de ne pas dire trop de choses avec tous les gens qui les entourent. Et en parlant de ces gens qui sont près d'eux, il faut dire qu'ils ne sont pas as de la discrétion. C'est plus qu'évidant aux oreilles fines des trois hybrides qu'on ne leur veut pas que du bien. Certains en sont même à dire des choses plutôt menaçantes envers les trois étudiants au centre du cercle.

Après avoir déjeuné ensemble, Falawk et Arya doivent partir en cours alors que Wolfine a encore un peu de temps de pause. Elle décide donc de les accompagner jusqu'à leur salle de cours avant de se diriger vers l'autre côté du campus. Dans les couloirs c'est tellement le fouillis qu'ils se perdent tous de vue malgré leurs meilleurs efforts. Wolfine se fait bousculer sans vergogne et on entend très rapidement un petit cri de douleur : elle a rappliqué contre celui qui l'avait poussé. Ce n'est pas parce qu'elle est petite qu'il faut la sous-estimer : son hybridation lui donne un très bon avantage. Ils finissent tout de même par se retrouver une fois devant la salle où les Info-Com ont cours. Wolfine salue son frère et Arya puis repart presque immédiatement vers son côté du campus.

Un peu plus loin dans le couloir, un homme vient bloquer le chemin de la jeune hybride : il lui attrape les fesses bien devant tout le monde. Étant assez près de la salle de cours Falawk entend sa sœur qui dit « pardon » dans la langue familiale. C'est leur mot de code pour dire qu'il va y avoir des dégâts si personne n'agit. Lui est en cours et ne peut donc rien faire de plus qu'espérer que sa sœur va s'en sortir toute seule même si ça lui brule d'aller à son secours. Il tend donc l'oreille pour entendre ce qui se passe.

- « Non, mais ça ne va pas de toucher une fille comme ça toi ! » Hurle Wolfine à l'adresse de cet homme qui lui bloque encore le chemin.
- « Tu n'as rien d'une fille, tu n'es plus qu'une pauvre chatte sans défense dans ce monde d'humains. Ne t'en fais pas je viens m'occuper de toi. » Poursuis l'homme comme s'il n'avait presque pas entendu la menace dans la voix de la fille.

- « Contrairement à ce que tu crois, je suis toujours bien humaine et tu seras gentil de te pousser de mon chemin sans jamais me redire mot ! » S'exclame sèchement Wolfine.

- « Du calme petite chatte, ou plutôt non, canalise tes ardeurs et viens avec moi. On va bien s'amuser, ensemble tu verras. » Il essaie d'attraper la main de la jeune hybride, mais elle l'évite facilement.

- « Tu n'as pas la moindre chose qui pourrait m'intéresser. Tu es moche, vulgaire et tout à fait idiot donc pousse-toi et va voir ailleurs si j'y suis.

- Mais c'est qu'elle sort les crocs en plus la petite chatte. Tu vas être marrante de nuit toi ! » Il la regarde et se lèche les lèvres de façon bien explicite.

- N'y compte pas le gros ! Si tu n'as pas compris ce que j'ai dit avant je préfère bien mourir que rester près d'un abruti fini comme toi. Quand tu entres dans une pièce, le QI moyen baisse de 100 points. Étant donné ton niveau de stupidité je vais partir avant que ça ne déteigne merci ! » Wolfine en a vraiment ras le bol au point où elle aimerait bien appeler son frère à l'aide. Le problème c'est qu'il est en cours avec un enseignant des plus stricts donc ce n'est tout bonnement pas possible.

- « Non, mais ça va bien de dire ce genre de choses des gens toi ! Tu te prends pour qui au juste ? Tu n'es qu'une animale donc tu n'as absolument rien à dire. » S'énerve l'homme.

- « Tu devrais apprendre à te tenir devant les femmes si tu veux essayer un jour d'en attirer une. Bon tu n'y arriveras tout de même pas, mais tu peux essayer. La première leçon est : ne les prend pas pour des animaux, on n'aime pas du tout. La deuxième : va t'acheter une vie pour que tu aies quelque chose à dire. La troisième : si tu agresses une fille, ce que tu as fait avec moi, tu es dans l'illégalité et risques une très grosse amende. » Énumère Wolfine d'une voix forte telle une enseignante. « Sur ce, de riens pour le cours et adieu ! »

Disons que l'égo absolument réduit à néant de son agresseur prouve très bien que Wolfine sait se défendre « comme une grande » quand il le faut. Tous les gens dans le couloir rigolent quand ils voient l'adolescente repartir victorieuse face à la brute épaisse qui est toujours abasourdie. Il faut dire que personne ne peut s'attendre à la répartie qu'utilise si parfaitement Wolfine.

Arrivée dans son bâtiment, elle se dirige vers l'amphithéâtre où elle doit avoir cours. Une main se pose doucement sur son épaule alors qu'elle passe devant un couloir. Elle ne réfléchit pas et réagis d'instinct. Celui à qui appartient la main se retrouve au sol en clé de bras avant qu'il n'ait le temps de dire ouf. Elle le relâche dès qu'elle se rend compte que c'est son voisin de laboratoire. Lui se relève et la regarde d'un air étonné.

- « C'est normal comme traitement ça ou c'est parce que tu m'aimes bien ? » Dit le jeune homme tout en se massant l'épaule gauche.

- « Je suis vraiment navrée, on vient de m'agresser dans un couloir et j'ai envoyé balader l'autre du coup j'ai peur des représailles. Je t'ai fait mal ? » Lui demande Wolfine horriblement gênée d'avoir pu faire mal à ce garçon lors de son premier jour de cours. Elle ne le connait même pas encore, le trouve assez beau et lui a déjà prodigué une magnifique clef de bras.

- « Non ne t'inquiète pas, je comprends que tu sois à bout de nerfs. J'ai souvent le droit au même genre de traitement, car je suis jeune. » Tiens jeune comment, elle se le demande bien. Ce serait bien s'ils n'ont pas beaucoup d'âges d'écart se dit-elle.

- « Tu es jeune comment, je veux dire moi je n'ai que 16 ans donc je crois bien être la plus jeune de la promotion non ? » Demande la jeune fille bien intriguée.

- « Je viens de prendre mes 17 ans il y a deux jours, j'ai eu mon Bac à 16 ans. Tu es bien la plus jeune, mais je ne suis pas loin. » Réponds le garçon tout sourire. Il ne se permet pas de prendre la main de la jeune hybride, mais tire tout légèrement sur la manche de sa chemise pour l'attirer vers leur salle.

- « À oui, et bien nous n'avons pas tant de différence d'âge que cela. Dis-moi, tu veux bien que je t'appelle par ton prénom ? » Elle lui lance son plus beau sourire dans l'espoir que ça aiderait. Et c'est le cas.

- « Bien sûr, quoique : seulement si je peux utiliser le tien aussi. Il est tellement mignon après tout. » Il rougit un peu, mais elle n'ose pas le lui dire. Elle lui a déjà fait bien assez mal pour une journée. Elle hoche la tête à l'affirmative l'invitant de fait à utiliser son prénom.

- « Alors, dis-moi Ewen, comment puis-je me faire pardonner pour ce que je t'ai fait ? » Demande Wolfine bien gênée et se sentent plutôt mal pour ce qu'elle a fait.

- « Hum… J'aimerais bien te demander quelque chose, mais c'est assez difficile. Tu veux bien ? » Demande Ewen un grand sourire aux lèvres.

- « Tout dépend de ce que c'est, mais vu que j'aimerai bien que tu restes mon partenaire de travaux pratiques j'ai plutôt intérêt à me racheter. » Lui répond-elle impatiente de savoir quelle demande il compte formuler ?

- « Tu veux bien sortir avec moi ? » Demande le jeune homme en la regardant droit dans les yeux avant de se reprendre : « au cinéma ou quelque chose de ce genre.

» Elle qui croyait que c'était de l'autre genre de « sortir ensemble » dont il parlait se sent tout de suite rassurer, mais aussi un peu dessus.

- « Absolument, mais je te préviens, je ne suis pas hyper sociable donc j'aimerai qu'on y aille soit seul soit en très petit comité. » Elle aimerait bien savoir ce que cela fait de sortir avec un garçon tout comme elle aimerait bien aller au cinéma, car jusqu'alors elle n'y est jamais allée.
- « Tous les deux, ça me va, mais il faudra aller à Asnières-sur-Seine si on veut essayer de rester discret. Je ne veux pas trop crée de ragots il y en a déjà assez comme ça. » Dit-il tout en essayant de cacher sa joie. Il aura là sa première sortie avec une fille et en plus elle est superbe, que demander de plus.
- « Allons en cours on pourra organiser tout ça plus tard. » Dis Wolfine avant d'entrer dans la salle suivie de près par Ewen.

La journée se passe plutôt bien et, après négociations avec son frère, Wolfine va aller au cinéma le vendredi de cette même semaine. Elle fait savoir à Ewen qu'elle viendra et lui propose de payer la séance quand ils y seront. Quand les Rogues et Arya rentrent à la maison, c'est directement ambiance de fête. Wolfine n'avait pas encore monté ses affaires dans sa chambre et de fait elle ne l'avait pas encore vue. C'est très vite le bazar et pour ne pas arranger le coup Falawk demande à sa sœur d'inviter Ewen. Elle ne comprend pas, mais envoie tout de même l'invitation à son partenaire de laboratoire.

Une demi-heure plus tard, on sonne à la grille. Après avoir certifié qu'il est seul, Ewen est invité à l'intérieur de la maison après que Wolfine ait changé le mode de sécurité. Ce serait dommage d'alerter le QG Rogue si c'est un ami qui est là. Ewen ne sait pas trop où se mettre au début : Falawk essaie de cerner son caractère et de fait n'est pas exactement doux avec lui. Arya et Wolfine cuisinent le diner pendant que les garçons discutent.

- « Alors Ewen, j'ai cru comprendre que ma sœur te fait des malheurs. Ça va au moins, elle ne t'a rien cassé ? » Demande Falawk.

- « Non tout va bien, elle est bien trop gentille pour me refaire ce genre de choses : c'était un malentendu. » Réponds Ewen horriblement gêné. Il a très bien compris le jeu du grand frère protecteur, mais ne peut pas se démettre.

- « Dis ça à mes trois côtes cassées ! » Falawk ne ment pas, sa sœur lui a vraiment cassé des côtes, mais ce fut il y a bien longtemps.

- « Ah, pardon. Je ne me doutais pas qu'elle puisse être aussi forte. Mais dis-moi, pourquoi m'avoir invité ici alors que personne sait où vous habitez ? Ce ne serait pas dangereux pour vous ? » Demande Ewen un sourire en coin : il croit avoir la balle de son côté.

-   « Aucun problème, ne t'en fait pas pour notre sécurité on sait tous les trois très bien se défendre. En ce qui te concerne et bien, je voulais savoir comment tu es avant de laisser ma petite sœur partir avec toi quelque part.

-   Je comprends. Et est-ce que tu seras d'accord pour la laisser venir avec moi ? Je veux dire ce n'est qu'une sortie entre amis.

-   Je doute très fortement que ça en reste là, mais oui je suis d'accord. J'ai beau être son tuteur légal quand on est en France, je ne vais pas lui interdire de prendre du temps pour elle. » Falawk sourit, il sait à présent que ce jeune homme est du bon genre : il ne fera pas de mal à sa petite sœur.

Ils dinent, font la fête et au moment où Ewen aurait dû rentrer il n'y a plus du tout de trains donc il est invité à rester dormir. Wolfine demande de partager sa chambre, mais son frère est formel : chambre d'amis ou canapé, mais pas la chambre de sa sœur. Ewen prend donc la chambre d'amis et tous les quatre partent ainsi dormir.

Examens ou pire ?

Les mois s'égrènent doucement, mais continuellement et tout va pour le mieux dans la maison du bout de la rue. Wolfine et Ewen sont devenus de très bons amis et de très studieux étudiants. Falawk se doute que sa sœur ne lui dit pas tout, mais il a décidé de ne pas l'y forcer non plus. Approchant des vacances de Noël, ils approchent aussi des partielles. D'autant plus que c'est la pagaille, car Arya doit rentrer en Normandie pour Noël et ainsi aller voir sa famille, Falawk est invité à y aller aussi. Le problème est que les Rogues sont censées être en famille à cette période-là. Jack finit par y trouver une solution : il loue le bateau d'un ami à lui et tout le monde s'y rejoindra.

Alors que Wolfine et Ewen son encore en cours la semaine avant les vacances et Arya et Falawk sont en partielles un flash info met la planète entière à l'arrêt. Cross-Gen, après avoir résisté au siège de leur centre en France pendant longtemps, a fini par perdre face à la loi et plus de cent-soixante adolescents ont été libérés. Certains peuvent retrouver leurs familles, mais beaucoup doivent être hospitalisés en raison de leur état de santé. Dans tout le lot il n'y a pas un seul hybride ce sont donc simplement des humains ayant survécu à plus de quatre ans de maltraitance. Quand leur libération a fait le tour du monde, c'est la déclaration de Jack Rogue qui suit. Il déclare qu'il donnera ses soutiens à tous les hybrides qui s'en sont sorti. Bien sûr, on lui dit qu'il n'y en a pas, mais dès la fin de semaine les premiers cas se déclarent. C'est évidant à ce moment-là que quelque chose dans la méthode de Cross-Gen empêchait les mutations qu'ils cherchaient a créé.

Les partielles étant en pause pour Arya et Falawk, ils repartent en Normandie laissant Wolfine et Ewen un peu seuls à la capitale. Mr Rogue s'occupe des quatorze hybrides qui sont ressortis du centre et explique aux médias que c'est à cause de la malnutrition et des interventions médicales trop fréquentes que Cross-Gen n'a jamais eu de résultats. Ewen demande à devenir hybride et démarre la procédure dès le début des vacances. Pour une raison ou une autre, ses parents, qui sont d'ordinaire assez peu présents dans sa vie, ont prononcé leurs soutiens pour ce projet.

À présent, le jour même de Noël, un recensement mondial des hybrides est organisé : il y en a dix-huit et pas un de plus. À la lecture des dossiers retrouvée dans le centre Cross-Gen, s'ils avaient su ce qu'ils faisaient il y en aurait plus de dix milles. Les Rogues, les Tarnin, les Meslin et la famille d'Ewen sont tous réunis sur le bateau juste au large de la côte normande. Plus de cent personnes, une salle entière de cadeaux et tout un personnel de bord pour servir tout le monde. Avec le retour à la normale du travail de Jack, ce genre de luxe n'est pas hors de portée. Pourtant il a essayé de ne pas en faire trop pour pas que les invitées soient gênées. Ils le sont déjà à cause du bateau et certains ont même participé à la location tant cela leur paraissait anormal de laisser Jack payer.

Tout se déroule au mieux, la fête bat son plein et ils n'en sont qu'à l'entrée. Les invités sont aux anges avec le traitement royal qui leur est prodigué et personne ne peut se plaindre d'avoir assez à manger. Wolfine a enfin avoué à son frère qu'elle et Ewen sont en couple. Tout le monde le savait, mais attendait qu'elle décide de le dire. Falawk attrape les deux amoureux et un sur chaque épaule les fait faire le tour du pont. Sa sœur hurle de joie alors qu'Ewen hurle de peur. C'est clairement une bonne chose qu'ils fêtent Noël en mer, car sinon ils auraient réveillé tout un quartier.

Deux jours après, le bateau rendu à son propriétaire, tout le monde se disperse à nouveau pour rentrer chez eux. Venant de douze pays au total beaucoup partent vers la capitale pour prend l'avion. Jack a déposé tous ceux qui habitaient le Royaume-Uni directement sur l'ile britannique quand il a rendu leur salle des fêtes flottante. Arya et Falawk sont avec lui alors que Wolfine repart avec Ewen, elle va fêter le Nouvel An avec lui. Ewen a subi ses premières mutations entre temps et a déjà les yeux d'hybrides. Lui et Wolfine sont décidément très attachés l'un à l'autre, car il a demandé de prendre, en partie, les mêmes traits qu'elle. En route pour la maison Rogue, Christophe le père d'Arya s'étant joint à eux pour la fête du premier janvier, ils doivent encore prendre deux personnes en route.

- « J'avais promis de m'occuper au mieux possible des hybrides. Alors que certains ont trouvé des familles bien vaillantes ou même leur vraie famille, ces deux-là restent seuls. » Dis Jack tout en prenant une sortie d'autoroute.

- « Tu sais pourquoi papa ? Et c'est qui ? » Demande Falawk.

- « Tu verras bien, ils disent tous les deux te connaitre. Je te dis juste que ce sont deux orphelins et que leurs hybridations sont semblables. » Réponds son père avec un petit sourire. Falawk ne se dit qu'une chose, ce doit être de ces anciens camarades de « cellule ».

- « Et on les prend pour quoi, ils font le Nouvel An avec nous ? » Demande Arya.

- « Exactement, je les ai en quelques sortes adoptées, mais ils habitent dans l'ancienne maison familiale. Celle où j'étais avant d'avoir celle de mes parents. » Réponds, Mr Rogue.

- « Mais je croyais qu'elle était vendue cette maison papa, et depuis longtemps en plus. » S'interroge le jeune homme.

- « Non je la loue simplement au long terme donc c'est presque pareil. On va y être bientôt. » Termine Jack avant de prendre un tournant et d'arriver en face d'une maison.

Devant la maison, presque comme deux statues, sont deux jeunes hybrides. Ils attendent queue ondulante, oreille frétillante, les retrouvailles avec Falawk l'échappé. Dès qu'il sort de la voiture suivie de son père et de sa petite amie, ils savent. Ils savent que le moment est venu pour eux d'avoir enfin une vie normale. Falawk ne s'en rend pas compte, mais sa simple présence suffit à calmer les deux hybrides.

- « Hollie, Amber, c'est vraiment vous ? » Demande Falawk incertain. Il croyait que ces deux-là étaient dans un coma trop profond pour ne jamais en sortir. Après tout quand il s'est enfui il venait tout juste d'y sombrer.
- « Oui Falawk c'est bien nous même si j'ai encore du mal à entendre mon prénom. » Répond Amber le jeune garçon-ours. Il faut dire qu'il est plutôt difficile à reconnaitre sous cette nouvelle forme.
- « Et oui c'est toujours moi la peste qui te demandais toujours ta couverture en pleine nuit. » Ajoute Hollie la fille-dragon. Elle a un petit sifflement quand elle parle, mais c'est compréhensible avec sa langue fourchue. Elle est majoritairement dragon de commodo.
- « Tu sais, à présent je t'en donnerai autant que tu le souhaites, avec le pelage que j'ai je n'aurai pas froid de sitôt. » Réponds Falawk tout en faisant un câlin à l'écailleuse jeune fille.

- « Bon, on y va les enfants nous avons pas mal a préparé une fois rentrer. » Dis Mr Rogue avant de donner une rapide accolade aux deux nouveaux passagers et de s'installer à nouveau au volant.

Alors qu'ils reprennent la route, Wolfine appelle sur leur réseau interne et tout le monde le salut dans la voiture. Elle informe son père et son frère qu'elle et son petit ami sont bien arrivés à destination dans le centre de la France. Son père lui présente rapidement Hollie et Amber et avant que sa fille ne pose trop de questions il lui dit qu'ils vont aller vivre à Eaubonne aussi dès la rentrée prochaine. Eh oui, la maison Rogue devient le havre des hybrides. C'en est au point où Jack se dit qu'il faudra bientôt agrandir. Il propose de reprendre l'appel quand eux ne seront plus sur la route et arrivée à domicile.

Le lendemain, ils sont tous dans le salon, quatre hybrides deux humains normaux, un joli mélange. Ils appellent à nouveau Wolfine et cette fois elle est avec Ewen devant la caméra. Tout le monde est ravi de le voir, car il a encore bien muté en ces derniers jours et on aperçoit déjà bien les traits félins ressortir. Falawk leur lance une petite pique « Ne ronronnez pas trop fort les petits chats. » Malgré elle Wolfine rigole et dit à son frère que c'est aussi la pleine lune donc lui aussi ne doit pas faire trop de bruit. Leur conversation ne dure pas très longtemps, car d'un côté comme de l'autre du fil ils doivent préparer. Tout le monde attend impatiemment l'arrivée de l'an 2017 après tout.

Deux bonnes heures plus tard, le manoir Rogue est dans un calme absurde, tout le monde compte les dernières secondes avant leur Nouvel An. En France c'est la fête et partout dans le monde l'ambiance festive est là. Même les pays qui n'ont pas le même calendrier, il y a suffisamment d'Européens pour que les feux d'artifice partent hauts et nombreux quand la cloche sonne minuit chez eux. Les Rogues tirent les leurs, fait maison par les soins de Falawk le pyroloup. Malgré ses meilleurs efforts, il n'a pas réussi à en faire des très compliqués, mais les couleurs sont jolies. La fête reprend après le dernier tire et c'est seulement vers cinq heures du matin que tout le monde part se coucher.

...

À peine une heure qu'ils sont endormis et toutes les alarmes de la maison se mettent à sonner. L'alerte et en code jaune donc danger médical. Jack Rogue traverse la maison à toute vitesse pour rejoindre son laboratoire et vérifier de quoi il s'agit, mais rien n'y fait-il ne trouve pas le problème. Il met tout l'étage sous scellé et l'alarme générale continue. Ne comprenant pas lui et Falawk essai de trouver si c'est une panne du système où encore autre chose. Ils sont à peine installés au poste de sécurité centrale qu'un appel entrant arrive. Normalement il faut décrocher quand on nous appelle, mais jamais sur cette ligne, c'est la ligne la plus cryptée qui soit.

Wolfine est essoufflée, mais son visage montre très clairement sa terreur. « Papa, Falawk, que ce passe-t-il tous mes moniteurs sont au code jaune pour la maison en Écosse et à Paris. » Ils ne savent pas que lui répondre et de fait lui demandent de regarder ce qu'elle peut détecter de son côté. Moins d'une minute après le « fixe » de la maison sonne. Chose qui ne devrait pas arriver, car tous ceux qui ont son numéro sont déjà en communication sur le canal vidéo. Falawk répond et immédiatement il comprend que ce n'est pas pour lui et tend le téléphone à son père.

- « Vous êtes difficile à avoir Mr Rogue. J'ai dû user de mes ressources militaires pour avoir ce numéro. » Dis l'homme de l'autre côté du fil.
- « C'est normal ce numéro ne devrait pas être divulgué donc qui êtes-vous ? » Demande Jack irritée
- « Pour vous ce sera Monsieur le premier Ministre de Sa Majesté. » Répondue platement l'homme.
- « C'est un peu long je vais donc utiliser Monsieur tout simplement. Donc que puis-je faire pour vous ? Je suis horriblement occupé à l'heure qu'il est. » Jack s'énerve de plus en plus et en oublie tout son respect.

- « Nous aussi voyez-vous, tout comme le reste de la planète. L'usage d'une arme biochimique intercontinentale ! L'armée Chinoise et Mongole venaient tout juste de prendre possession du centre Cross-Gen dans l'Himalaya que c'est parti. » Dis d'une voix hagarde le PM.

- « Que voulez-vous dire, ils avaient donc réussi à y entrer et quelque chose est partie ? Mais quoi donc ? » Demande Mr Rogue effrayer de cette nouvelle.

- « Une minute on m'apporte une nouvelle information. » L'exclamation du Premier ministre britannique s'entend même au téléphone. « Ils viennent d'appréhender le directeur de Cross-Gen et il vient de déclarer devant des officiers de l'armée que de toute façon c'est trop tard. » Le Premier ministre est bien trop secoué pour que ce soit normal.

- « Monsieur, pouvez-vous me mettre en contact avec les autorités locales ? » Demande Jack en espérant que son chinois ne l'a pas abandonné.

- « Oui c'est possible je vous transfert, je les ai sur l'autre ligne. » Dis le Premier ministre.

- « Misieur Rogue, pourquoi voulez vus nous parlez. » Dis le nouvel interlocuteur avec un fort accent chinois.

- « J'ai besoin de savoir ce qu'on fait ces fous de Cross-Gen. Nous détectons tous que c'est une arme biologique, mais de quel type ? » Demande Jack en Chinois.

- « Ah, vous parlez notre langue, fort bien. Le directeur nous répète toujours la même chose : la clé a été trouvée et le monde l'aura dès à présent. Je cite, mais ne comprends pas ses mots, qu'en savez-vous ? » Demande l'officier chinois.

- « Pouvez vous me passez le directeur j'aimerai confirmer ma peur avant de m'avancer. » Jack semble pétrifié sur sa chaise au point que Wolfine toujours en vidéoconférence a peur. Son père n'a tiré une telle tête que le jour où le radar a perdu Falawk de vue.

- « Salut l'ancien, quoi de neuf ? » Demande insolemment le directeur.

- « J'aurais dû me douter que c'était toi Martin. Enlever deux fois mon fils ne te suffit pas ? Qu'es-tu parti faire cette fois ? Qu'y avait-il dans ces missiles que tu as fait exploser dans l'atmosphère ? » Dit froidement Jack, c'est plus qu'évidant qu'il veut la mort à ce Martin, mais doit d'abord lui tirer les vers du nez.

- « Du calme, je l'ai fait enlever une seule fois. La première fois il est venu vers nous et je ne savais même pas que c'était ton fils. A mes yeux tu étais aussi mort que ta femme. En ce qui concerne les missiles et bien, je l'ai déjà dit : c'est la clé. » Un petit rire sort du combiné et là Jack saisit la véritable gravité de l'évènement.

Sans chercher à en dire plus à qui que ce soit sur ce téléphone, il fait une chose bien plus simple. Demandent à Wolfine et Falawk de l'aider, les Rogues entrent dans tous les moyens d'émission et poussant les émetteurs à fond forcent tous les téléspectateurs du monde à voir la même image. Les médias essaient de reprendre le contrôle, mais dès qu'ils voient Jack Rogue sur fond vert ils savent que c'est en vain.

Quand il commence à parler, un silence s'installe sur une bonne partie de la planète. Tous ceux peuvent comprendre l'anglais l'écoutent et traduisent pour ceux qui ne le peuvent pas. « Aujourd'hui, à 6 heures GMT, le directeur de Cross-Gen Martin Herjeune a lancé sur la planète entière une arme biochimique. Cette arme contenait la clé de l'hybridation humaine et animale ainsi que de millions de variantes des catalyseurs et des enchantions ADN. Sachez donc qu'il est à présent possible que vos enfants naissent avec certaines particularités animales, il est possible que des mutations physiques arrivent à toutes les personnes ayant un âge cellulaire au-dessus de seize ans. Ceci est un phénomène non réversible dû à l'utilisation de la clé donc ne cherchez pas à la traiter comme une maladie : c'est une nouvelle race d'humains ! » Ils déconnectent des réseaux et immédiatement on sent la tension mondiale remonter puis redescendre au fil de la propagation de cette information. Le fixe sonne sans cesse, mais Jack veut se reposer. Il part demain voir celui qui a fait tuer sa femme tant aimée.

Suite dans :

Le cycle des Hybrides
Tome 1 : La nouvelle génération

Huit mois et demi après la dispersion à l'échelle mondiale de la clé, le premier enfant hybride né. Après recherche Jack Rogue et de ses collègues généticiens ont découverts qu'aucun changement n'aura lieu sur les personnes déjà nées. C'est seulement ceux qui ont été conçus par des parents ayant absorbé la clé qui pourront devenir hybrides, et encore c'est seulement un enfant sur cinq voir moins. Les mutations physiques arrivent dès le début : du moins pour les yeux. Tous les enfants hybrides ont les yeux en croix, ou en étoile, et c'est de cette manière qu'il est possible de les reconnaitre.

...

« Si votre voisin a des yeux d'une forme étrange, dites-vous que c'est l'un des nôtres ! » Falawk Iring Rogue préside de la ligue hybride mondiale.